廚娘很有事

下

文創風 821

不吐泡的魚 著

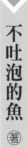

目錄

第三十一章

再往後京中是什麼情況？景大娘就不知道了，畢竟那時候她已經帶著孩子逃到了小蒼村，小蒼村不過在蒼山一角，說是與世隔絕都不為過，哪能知道千里之外京城的消息呢？

林滿問道：「那後來呢？堂堂的永康王妃與世子、小郡主齊齊失蹤，這可是不得了的大事情。」

永康王妃的事來得突然，白上行本也不清楚整件事情的來龍去脈，若不是今天聽景大娘和景賦生親口講出來，也只能猜忌在心底，哪敢拿出來與人說道？

白上行道：「事情確實鬧得不小，但是歹徒鬧事，殺人棄屍有什麼幹不出來？尋了幾日在金光寺的後山上找著了幾具殘骸，已經被野獸啃得面目全非，若不是那上面還殘留了夫人幾人穿著的衣服碎料，誰都認不出來，所有人都認定了，永康王妃幾人已經遇害了。

「夫人與世子、小郡主出事後，陛下大怒，命人徹查此事，但下手的人做得周全，竟查不出蛛絲馬跡來，陛下本也懷疑過永康王府的人，但那時蘭側妃與永康王也中了毒，蘭側妃差點沒有挺過來，最後誰也沒有懷疑到她身上。」

不入虎穴焉得虎子，那蘭側妃為了洗脫嫌疑也是下了血本，但結果到底是如了她的願。

景家活著的，除了邊疆的景江嵐一家，就只有養女蘭側妃。

這宅鬥的彎彎繞繞和冷血無情，林滿一輩子都學不來，她也明白了景大娘為何如此痛恨京中，那裡確實讓人通體發寒，若是讓永康王府的人知道景大娘幾人還活著，他們現在沒有庇護，怕只能任人收拾罷了。

景大娘哀求道：「還請白御醫可憐我們母子三人，切勿將我們在此地的消息說給他人，我們家已經成了這樣，再禁不起折騰了！」

白上行忙道：「夫人說的哪裡話？且不說妳是忠良之後，我本就離了那是非之地，何故要再去沾染？」

他嘆了一口氣，繼續道：「可憐妳兄長景江嵐將軍，得知此事後，竟主動向陛下請假回京，匆匆趕回來，連你們『屍體』最後一面都沒有見著，在墳前跪了三天三夜，誰勸都沒有用，心中不知有多煎熬，待緩過神來卻一夜白了髮，提刀就去了永康王府，若不是陛下那時剛剛派了人去府中，只怕永康王當場便斃了命。」

林滿想了一下便明白，景江嵐得知的消息和外人一樣，不過是在金光寺遭了難，他是恨永康王無能，護不住自己妹妹和外甥，連養妹也差點撒手人寰，這樣的男人無用至極，他應無顏再苟活於世！

景大娘許久未聽人提起自己的哥哥，她不是沒想過找兄長求助，但小蒼村實在太偏遠了，邊疆在眾多人心中可以說是傳說般的存在，且不說路途遙遠，整個釧縣說不定都沒有人去過，那信件要如何送到呢？萬一路上出了岔子，被永康王府的人知曉了該怎麼辦？

蘭側妃與永康王比任何人清楚他們可能沒死，能不掘地三尺地找他們？經歷過大難不死，景大娘的膽子實在太小了，她冒不起任何風險。

白上行又說了些後面的事，景江嵐以為世上除了家人外，只有蘭側妃這一個親人了，自然百般護她，加上陛下對景家的愧疚憐惜更重，蘭側妃成為新進的永康王妃不過是水到渠成的事。

那蘭側妃也做得好看，目的達到後並沒有急著受封，反而拖著病懨懨的身子冒死抗旨，美其名曰姊姊與姪子女屍骨未寒，她無顏坐上王妃的位置，懇求陛下讓她為姊姊帶孝三年，後再作考慮。

如果她依旨坐上了那位置其實合情合理，就算有人心中不屑，可誰都說不出來一個不字，不過還是會腹誹她踩著姊姊的屍體上位罷了，甚至，還會猜忌是不是她所作所為。

就這一操作，簡直讓人連詬病她的地方都沒有，她還是清清白白，無助、弱小又可憐！

林滿目瞪口呆，這樣的人，十個景大娘也不是她的對手啊！

「那她，不怕把這事攪黃了啊？」林滿忍不住出聲，三年呀，時間可不短，其中變數良多，她不怕嗎？

這次開口的是景賦生，林滿的話讓他笑出聲，對比蘭側妃的所作所為，她這話一出，連宅鬥小白都拚不過，不禁有些樂了。「妳覺得她會沒算進去？她有我舅舅的庇護，陛下的憐惜愧疚，還有永康王的疼愛，世上最尊貴的愛護她都有了，能讓她受一絲委屈？」

林滿琢磨了下，問道：「陛下不答應？」

「何止陛下，就連景江嵐將軍都不答應，甚至還斥責了她一頓，若真想要夫人九泉之下也瞑目，就好好擔起永康王府當家主母的擔子，別讓有心的鶯鶯燕燕乘虛而入。」白上行一邊回答著林滿的話一邊搖頭，他在宮中見得多了，這樣的城府卻還是第一次見著。

蘭側妃被一頓教育，痛哭流涕了幾日，「永康王妃母子三人」葬後不過三月，她成了永康王府真正的王妃，她的兩個兒子，子憑母貴，由庶成嫡。

「唉，老夫當初也瞎了眼，竟也真被她所感動過。」

幾人說完了故事，一壺茶早見了底，晌午時間也過去了許久，看了眼時辰，不多時都能吃晚飯了，白上行無論如何也要留景大娘吃飯，便命僮子去鎮上最好的興福樓訂了最好的席面，幾人收拾收拾，算了時辰便過去了。

席間幾人商量了下，飯後白上行先仔細為景賦生檢查身子，看看有沒有康復的可能性，今天他們先在鎮上留宿一晚，明天再回去。

林滿站在包廂的窗前，從上往下看，鎮上的繁華讓她腦中滴溜滴溜地轉。

景賦生一看她那眼神就知道，八成跟銀子跑不了關係。

他沒去打攪她，反正回頭她就忍不住要找人商量怎麼賺錢了。

想到這裡，嘴角不自覺帶了一抹寵溺的笑。

白上行看了眼窗前的林滿，又看了景賦生，最後將疑惑的目光投向景大娘。

景大娘無奈地笑了笑，對他道：「請白大夫一定要救救我們家生哥兒，以後我們生哥兒的終身大事，也少些折騰。」

白上行本有些疑惑，林滿已經是婦人髮型，還帶了個孩子，怎麼看都是他人婦，如何與景賦生相配？

不過飯間他就明白了，景大娘簡單說了些這幾年在小蒼村的生活，對幾人的遭遇便有所了解，心中既疼惜又惋惜，都是不容易的孩子。

林滿自然不知道自己無形中被同情了一把，鎮上鬧烘烘的，不遠處一個打扮華麗嬌俏的少女正被一群書生打扮的年輕男子簇擁著進了首飾樓，這本與她無關，但眼神一晃，卻在那群書生中看見了熟人，她的臉色頓時古怪起來。

這時恰好開飯，林滿不好再細看，規規矩矩地坐好，腦子裡面想得多，面上卻不表現出來，免得擾了大家興致。

幾人茶足飯飽，要散席時，林滿問了一句。「白大夫可知鎮上有家李員外？」

白上行雖然回來不久，但他畢竟是京中退下來的御醫，加上醫術了得，因此也有不少富家鄉紳來尋他，想與他攀些交情。人的心理就是這麼奇怪，明明離天子甚遠，但只要和天子身邊的人沾上那麼一絲絲關係，四捨五入，便覺得自己也見過天子了。

若是讓林滿知道了那些人的想法，她肯定是要驕傲的。她可是正兒八經和天家血脈打交道的人哦！

話轉回來，白上行聽了林滿的話點點頭。「他愛女下個月及笄禮辦宴，倒是遞了帖子給我，不過我給拒了，怎麼？滿娘想認識他？」

林滿搖搖頭，抿嘴小小露出俏皮的梨渦。「只是間接有些小生意的往來罷了，方才想起我們村有位秀才在鎮上讀書，似乎也得了帖子要去參加及笄禮，順口問問罷了。」

她只是隨便說了一句，但白上行就想得多了。

年輕秀才去參加女子的及笄禮，怎麼都聽出一股不尋常的味道來。

不過這李員外似乎把鎮上有功名的讀書人都請去了，看模樣應該是要擇婿了，據說李員外妻子的妹妹是抬給縣老爺的貴妾，不管怎麼說都是搭上了縣太爺的線，不少讀書人還是願意捧場的。

縣太爺在屋裡面幾人的眼裡或許不夠看，但在這山高水遠的釧縣，那就是天王老子，誰願意去得罪？

幾人歇了一會兒便回了醫館，此刻天色已黑，館外也沒了白日的喧鬧，只留幾盞街燈散發著不甚明亮的柔光。

白上行將景賦生獨自帶去了醫館的閣樓，其他幾人在樓下等著，氣氛一下緊張起來，不知道最後會是什麼結果，治得好還是治不好。

景大娘不安地捏著手，嘴唇都泛著白，目光時不時向樓上看去，一點聲響都能讓她驚一跳。

平平和雙兒已經打起了瞌睡，林滿和景福卿想安慰景大娘不得空，也無從下手。

當了娘才知道那種心情，與孩子有關的任何事情，都能讓做娘的牽腸掛肚。

過了小半個時辰，樓梯間發出腳步踩踏的聲音，樓下幾人的目光緊隨而去，白上行與景賦生的身影慢慢出現在眾人眼前。

林滿只看見了景賦生，他神色不大好，額頭出了些細汗，面容更蒼白了幾分，應該是在檢查時受了些折磨。

憔悴的樣子讓人心疼。

「白……白大夫，怎麼樣了？」景大娘緊張得不知所措，好半天才鼓起勇氣問出了口。

白上行看了幾人一眼。「這毒與蘭側妃所中之毒是同一種，我治過。」

治過就是有經驗，那就有希望！

眾人心中剛鬆一口氣，另一口還沒提起來，就見他神色嚴肅，繼續道：「不過蘭側妃救得及時，而公子……毒後拖了太久，錯過了最好的救治時間。」

此話一出，景大娘差點暈厥過去，還好林滿眼疾手快扶住了她，白上行繼續道：「雖然你們這些年藥水不斷，抑制了毒素蔓延至五臟六腑，但到底根深蒂固，能不能好，全憑天意了。」

第三十二章

今夜注定是個無眠夜。

林滿躺在醫館給她安排的房間裡，翻來覆去地合不上眼。

景賦生所經歷的痛苦她無法感同身受，她十歲的時候在幹什麼？還在老家，跟村子裡的小伙伴下田摸魚，上樹抓蟬，瘋得無法無天。

她越想越煩悶，見平平蓋著被子睡得香甜，便乾脆閃身進了空間轉轉。

自從菜地雇人打理之後，她就很少動手打理這些菜苗，只是每天按時來澆澆水，菜地的變化也注意得不多。

她繞著田埂走了一圈，感覺田地似乎變大了些，空間裡那棵奇怪的樹又長高了，林滿對著比了一下，差不多高出她一個頭了，仔細看了樹葉，還是原來那幾種模樣，不知道什麼時候會開花結果？

空間裡舒適的環境讓她煩躁的心靜了不少，她在田埂坐下，任由腦子放空。

背後傳來輕微的腳步聲，林滿沒有注意到，直到那道熟悉的聲音叫了她。

「滿娘。」

林滿轉過頭，見是景賦生，他臉色還是蒼白的，精神也不大好的樣子。

景賦生挨著林滿坐下。「睡不著？」

「嗯。」

「在想我的事情？」

林滿搓了搓手，她一不安便有這個小動作，她抿著唇，想起之前兩人聊過天，景賦生問她如果自己回去報仇，她會不會覺得可怕？

那時候自己回答說世人悲歡不與共，被人欺負了要還回去也是理所應該。她話說得漂亮，但心中卻不覺得有多大感情，就像聽別人說自己很累，她只乾巴巴地說了句好聽的加油話而已。

但現在不一樣了，一想起景賦生所受的遭遇就心疼得要命，他經歷了那麼殘忍的事情，被親近之人奪走一切，差點連性命都不保，但他還是溫和對待任何人，從未將自己所遭遇的不公化成怨懟發洩出來。

林滿之前覺得自己的遭遇算是慘了，卻未想到景賦生更慘，這樣的人卻還像和風細雨一樣帶給他人溫暖，真是，既心疼又有幾分好笑。

他對生活充滿了希冀啊。

越想心裡越堵，林滿是個容易感性的人，眼角不自覺帶了點淚，她覺得丟人，趕忙用指尖揩去了，生怕景賦生看見，自己心中也尷尬。

景賦生靜靜地看著她的小動作，掃掉了膝上的一點雜草，對她道：「過來。」

林滿不解地看著他。

景賦生一如既往笑得溫和。

「不介意的話，躺會兒吧，這樣躺著會舒服得多。」

林滿便想起了他上次犯病難受，自己也是讓他這樣躺在自己腿上，那時覺得沒什麼，現在一回想，卻莫名的有些臉紅起來。

她挪了一點位置，猶豫了一瞬，還是躺了下去，頭枕在他大腿上。

景賦生身上是真的沒幾兩肉，大腿都瘦得乾巴巴的，林滿哼哼了兩聲。「你這腿還不如我胳膊粗呢。」

景賦生玩笑道：「窮人家吃不起肉，有枕頭睡就不錯了，還嫌棄呢。」

林滿側著臉看著田埂，沒接話，躺下後心緒果然平靜很多，她腦子裡面想了許多事情，乾脆與景賦生聊了起來。

「你也是睡不著嗎？」

「嗯。」

「擔心治不好嗎？」

「嗯。」

「如果能治好，你真的要回京報仇嗎？」

「嗯。」

林滿撇撇嘴。「晚飯吃得太少，多說個字費力氣嗎？」

枕著的身子一顫一顫的，微微發著抖，林滿疑惑地轉回頭，由下而上望著他，只見景賦生正努力憋著笑，漂亮的下巴繃得緊緊的，然後——

「嗯。」

林滿想著他是病人，不與他多做計較，想笑自己就笑吧，她繼續叨叨說著自己的話。

「景大哥你放心吧，我會努力賺錢的，讓福娘跟著一起，到時候我們賺夠了銀子，就去邊疆找你舅舅，你舅舅要是知道實情了，你們回京復仇也會順暢一些的。

「不行，那對賤人肯定猜到你們要去邊疆，萬一有埋伏呢？那不是自找死路嗎？」她想了下，皺著眉道。

「還是直接回京吧，想辦法見皇上？」說到這裡，她自己都無奈了，皇上哪是這麼好見的呀，都認定死了十幾年的人了，突然找上門，沒準兒消息還沒傳到天子耳朵，就被欺君之罪給宰了。

林滿仰天長嘆，報仇好難啊。

景賦生低頭就能看見林滿目光呆滯地盯著空間上方，滿臉糾結與無奈，那模樣比自己報不了仇還要痛心。

他忍不住伸手捏住她的小鼻子，捉弄她。

林滿鼻尖被冰涼的手捏著，空氣也被阻斷，她迷茫地看著上方的人，就見景賦生心情十分愉悅地與她對視。

林滿登時為之氣結。

她不與這個幼稚鬼計較！

景賦生到底沒想讓她窒息而亡，很快就鬆了手，對她道：「回去休息吧，也不是一定治不好，上次我犯病，這裡的水似乎有些作用，不如我們用來熬藥試試？」

當局者迷，旁觀者清，林滿本才是旁觀人，結果自己卻陷進去了反而不如景賦生看得透。

她一下跳坐起來，漂亮清澈的眸子發出無數希冀，表情也鮮活起來，訝異道：「對啊！我怎麼沒想到？」

在心中狂吐槽了自己蠢鈍後，林滿給景賦生比了一個大拇指，誇讚道：「讀書人腦子就是靈活！」

景賦生還是一臉溫潤的笑，若是細看便能發現他眼裡滿滿的寵溺。

或許是氣氛太好，或許是被林滿開心無害的笑容所感染，景賦生心弦一動，有些話下意識地就脫口而出。

「若是我身子大好，滿娘做我妻，可好？」

空間無風又無陽光，林滿卻覺得渾身躁熱，不用照鏡子，她也能知曉自己臉色定是煮熟的蝦子。

景賦生話一出口也覺得有些唐突了，眼底閃過一絲懊惱，自己還是太過衝動了些。什麼時候有這想法的呢？

同是一個村子，她的事跡是早就聽說了的，初次見她，她抱著平平進了院子，衣裳雖然破爛卻乾淨，臉上的神情並沒有想象中的頹靡，那雙眼睛滿是靈動，不像是怨天尤人的樣子，待人也十分客氣，還有一手好廚藝，和村子裡的傳言大不相同。

這是景賦生的第一印象。

後面因為她與妹妹一起做生意，開始接觸得多了，更發現她是個心思細膩的人，會照顧別人的情緒，雖然偶爾會有小矛盾，不過也是玩鬧罷了，也不會真的往心裡去。

與她相處甚是愉快。

他對感情其實是較隨意的人，從小看慣了父母親失敗的婚姻，因此旁人所說的舉案齊眉、相濡以沫，他知道不過是奢求罷了。
林滿日子其實也不算好過，但她卻偏要將日子好好過起來，二嫁守寡又如何？帶著孩子又如何？她似乎都不大怕，不過偶爾，景賦生覺得她其實有些孤單。
忍不住的，他漸漸開始想在她身邊做點什麼，哪怕就是陪著也好，總不會太過寂寥。
林滿與景賦生，一個給了對方舒適，一個給了對方陪伴，心靈對彼此有了依賴，無比契合。
遇見林滿，是驚喜，也是歡喜。
景賦生見林滿遲遲不語，以為是嚇著了她，便認真看著她的眼眸道：「此諾長久有效，滿娘什麼時候來應答我，都可以。」
見林滿還有些呆愣，他垂下眼瞼，遮住眼底的灰暗，添了一句。「說什麼都可以。」
應下或是拒絕，都是林滿的自由。
林滿上輩子的歲數不算小，但卻是第一次應對這樣的事情，一時反應不及。
景賦生的話是讓她歡喜的，但她到底不算自由身，沈郎與沈母故去也不過半年，她是要守孝的，現在應下怕是不妥。

農家守孝不如貴族們那般嚴苛，畢竟農家有農活與家務活要人分擔，家中有人故去的，大多守孝一年，若是年紀不大的，耽擱得起的，大多會守滿三年，有些訂親了的人家，連一年都沒有守滿過。

林滿雖然來這裡不算久，又與沈家沒交集，但她占用了原主的身子，總要替她把這些事情做足，況且為了平平，怎麼著也要守滿一年。她可不能讓平平小小年紀就做了不孝女。

她在心裡琢磨了下措辭，然後才開口道：「沈郎與婆婆故去不過半年，我和平平還未守滿孝期。」

那便是不能了。

景賦生點點頭，仍舊垂著眼，嘴角的笑帶了點苦澀。「我知曉了，是景某唐突了。」

林滿聽他連「我」都不稱了，像是把以前兩人相處的那點親密帶走了一般，心中跟著發酸，也有點生氣，就這麼容易退卻了？就不再說點什麼？或者再掙扎一下？

心中有氣，後面要接著說的話便也嚥進了肚子裡。

林滿知道自己是在無理取鬧，女人一碰到感情這種事，理智就會離家出走。

景賦生見她臉色似有懊惱，不禁有些好笑，繼續道：「如果滿娘是打算守滿一年，還差半年，我過半年再問，如果是想守滿三年，我過兩年半再來問，總是能問到結果的。」

聽了林滿的話，他心中是有些難受，但是很快就轉過彎來，女孩子都是慢慢哄的，林滿是有想法的女孩子，若她不願意，那他就一點點走近她，來日方長嘛。

況且見她的神色，似乎並不是那樣抗拒，心中不禁隱隱有些期待，看著她的眼神都明亮起來，如春日陽光，充滿了希冀。

林滿聽出他這是在哄自己玩，先前本還有點羞澀，這下被景賦生一逗，乾脆拋開來，反正她也是願意的，便道：「那好，等半年後你再找媒婆來提親，到時候找村長贖回身契，我帶著平平嫁過去。」

說完又補充了一句。「一去你就當爹，賺了。」

景賦生還沒來得及歡喜又被逗得哭笑不得。「妳就不怕半年後我病未好？」

言下之意，便是妳又當了寡婦怎麼辦？

但是這樣不吉利的話，是不能說出口的。

林滿翻了個白眼，攤手道：「你不好我就不嫁啦？為了不讓我第三次守寡，你要加油好起來喲！」

她這番話是帶著些調笑說的，但景賦生聽完卻笑不出來，心中情意翻湧，他何德何能有這樣的福運，被自己喜愛的人所喜愛。

他神色嚴肅，滿眼認真，柔聲應下。「我會的。」

一行人平安回到村子的時候，天色已經暗了，景大娘本想留林滿吃了飯再走，林滿說累了一天，早點回去隨便應付點就睡了，沒有留下來。

又或許是與景賦生有了那麼一層不同的關係，她反而介意起男女大防來，她一個寡婦在他家留得太久並不是好事。

林滿臨走時，景賦生央求了他娘。「您去送滿娘和平平一程吧。」

景大娘秒懂他意思，林滿一個婦人家帶個孩子，到底不安全，這要求不過分，自家兒子知道心疼人，景大娘心中也歡喜。

林滿本不想這麼麻煩，不過幾步路，但接觸到景賦生關懷又不容抗拒的眼神，她還是沒說出拒絕的話，只覺得暖暖的。

景大娘將林滿母女倆安全送回家，見屋裡亮了煤油燈才轉身回去。

林滿這一夜睡得酣暢，平平也睡得香甜，母子倆都是日上三竿才起來，簡單地吃了早飯，她帶著孩子去了地裡。

幫工早已經開始忙活，地裡的菜已經熟透，正整整齊齊地放進筐裡，荒地這邊都是阡陌小路，牛車是過不來的，只能靠人力或者牛駝過去。

現在菜每天都要往集上拉，然後客戶再訂下次的貨，她前天和昨天都不在，託了武大叔幫忙照看，畢竟村子裡除了村長、里正，就他的威望最高，找他妥帖些，而且林滿是會給辛苦費的，武大叔哪有不應的理？有錢不賺是傻的。

地裡的人見林滿來了都跟她打招呼，並且給她帶來了意外之喜。「滿娘，這菜好像長得更快了些，那竹筍、番茄平常都要兩天，這次一天半都沒到就熟成了。」

「可不是！」唐嬸子也是幫工之一，她收完白菜，接話道：「白菜妳傍晚種下去，早上來就能收了，嘖嘖嘖，這地真是越發神奇了！」

林滿眼睛一亮，這意外之喜真是來得太是時候了！

她剛才還在心中算，這地裡的菜只有在集上賣，賺錢來得太慢，如果要往鎮上賣她就翻一倍的價格，可是地又不夠用，現在好了，時間越短意味著可以種出更多。

心中主意已定，林滿問了地裡還缺什麼種子，她去多買點來。

自從請幫工以後，地裡效率提高很多，自留的種子已經不夠了，也跟不上速度，林滿便找村裡菜種子留得多的人家買，解決燃眉之急還行，但農家自己也沒有那麼多種子可以讓她長期買下去。

有人便從這裡面發現了商機，直接跑去貨市拿了貨回來，告知林滿，他可以提供種子。

拿貨的人叫石茶，是村裡殺豬匠的兒子，本來都以為他要子承父業，誰知道這兒子卻是個膽子十足小的，連殺雞都不敢，更別提那麼大塊頭的豬了，殺豬匠雖然氣急但也沒辦法，這小子看見血就暈，他愛做什麼就做什麼吧！

石茶一直想做點生意，但沒奈何村子裡實在沒商機，去集上又沒本錢，頂多上山抓個野雞、野兔去賣，感受下做生意的樂趣。

林滿賣菜生意做起來後他就注意到了，總想乘機跟著賺一筆，於是一直關注著這邊的動靜，總算讓他等來了商機。

種子這生意本錢不高，但農家裡可沒這樣做生意的，他爹辛辛苦苦賺的殺豬錢能給他這麼揮霍？石茶好說歹說，跟自家爹娘磨破了嘴皮子才借到了一兩銀子的本錢。

他主動找上了林滿，說可以給她跑腿拿貨，開的價和集上雜貨店裡的差不多，但她要得多，石茶還主動給了優惠，畢竟林滿的地裡每天都要種子下地，他這生意和林滿的生意很像，賺頭不大，但架不住量多啊！

和林滿的生意往來了五次，就把本錢賺回來了，再沒過多久，就有進項了。

石茶爹看著兒子連本帶利將二兩銀子擺在桌子上，比他殺豬賺得多了，當下再也不說什麼，那借給兒子的本錢也沒要，當作鼓勵，讓兒子繼續幹！

這石茶也是爭氣，除了林滿要的種子外，他還到處去蒐羅新鮮種子，或是好吃又不容易種的瓜果蔬菜，看見有野菜種子的也留了一點，總能派得上用場。

他這份上進心給林滿解決了許多麻煩，菜品圖個新鮮，一種菜味道再好，長期吃也會膩，來點新鮮的換換口味也不錯。

比如這次，石茶聽說林滿回來了，十分積極地跑了過來，又帶來了一個好消息。

「林嫂子，我有個認識的兄弟去了一趟縣裡，得了一個不得了的消息。」

他沒有賣關子，繼續道：「聽說去藩國和親的公主回來了，帶來了不少好東西呢，還有新鮮的農作物，叫做底瓜、麻鈴薯，聽說很好養活！」

林滿眼睛亮了起來。

她在鎮上聽白上行幾人講故事的時候，多多少少也聽了些關於這個國家的事。

小蒼村所在的齊國並不是弱國，先帝病重前是位十足的明君，大力培養武才，在多年戰亂下早就訓練了一批軍事人才，倒不敢真有人打進來。

而當今陛下文武並重，治國有方，守住了先帝留下來的江山。撇開不安分的邊疆，確實沒出過什麼亂來，根本不需要靠著和親來鞏固王土，派出去和親的公主們大多數都是為了兩國文化交流，一是知己知彼百戰百勝，二是取其精華去其糟粕，若能在農事上有所幫助，那再好不過。

當今陛下一直想得很遠，林滿十分佩服。

她琢磨了一下石茶的話，不確定地道：「你說的是地瓜、馬鈴薯？」

石茶摸摸頭，他兄弟也只聽了個大概，不確定道：「好像，是吧……不過那位公主帶回來不少種子，聽說是給各州、各縣都能勻一些，據說武大哥去縣裡辦這事了，我們村子裡應該也能分點吧。」

齊國不算小，帶得再多也不夠各州縣分的，再分到村子裡，怕不是得論個算了，怕是有些地方為了產量，一些村子一顆都沒有。

不過她有空間，只要武喬文能帶回來一顆種子，那她就能讓產量翻倍，讓村裡人都盡快種上這些好東西。

這麼一想，她心裡又有了主意，謝過石茶帶來的好消息，並承諾有機會再讓他賺一筆，轉身就走了。

林滿不是去找別人，正是去找景賦生，他出身王公貴族，雖然遠離京中多年，但朝中的事情到底比她知道的多些。

第三十三章

景賦生正在喝藥，見林滿過來十分高興，忙招呼她過來坐。

景大娘聽見林滿過來了，在門口打了聲招呼就又進了屋，一刻都沒有多留。

林滿總覺得景大娘這行為似乎有些刻意，像是故意給他們留出兩人空間獨處，難不成已經發現了她和景賦生的事？

一想到這種可能，她臉色便有些不自在的紅了些。

平平先跑過去，先是甜甜地叫了一聲。「景叔叔，你在喝什麼？」走近後便聞到一股難聞的藥味，嚇得倒退三步，臉色都變了。

林滿忍不住笑出了聲，但等到自己走近後，她也……忍不住退後了一步。

「你這……加了什麼？」

她記得在醫館熬藥時，可沒這個「神奇」的味道啊！

景賦生好不容易忍著那股難聞的味道喝完了藥，緩了好半天才忍下喉間的噁心感，縱使他已經喝了十幾年的藥，這次卻也差點被打敗。

「白大夫說我病得太重，藥劑不夠，針灸完後重新開了方子。」

景大娘這時候又出來了，接了話。「不過熬藥的步驟倒是不變的，咱們沒白學。」說完過來把平平抱起來，口裡還唸叨道：「哎呀，平平快來看妹妹，妹妹越來越可愛啦！」

然後，又抱著平平進了屋。

林滿就算是傻子，也明白了，景大娘鐵定是知道了。心裡有了準備，倒沒有多大的驚嚇感了。

景賦生看著林滿，剛才不敢說實話。

針灸的時候，他如實問了自己這副身子治好了，還有沒有子嗣的可能，畢竟他以後要是和滿娘成親了，不能讓她一個孩子也沒有，而且剛好也能給平平再留個親人。

白上行只說試一試，也不敢給肯定答案。

然後，就有了這新的藥方。

林滿好半天才適應了這個味道，走到他跟前拿開空藥碗，而後在他跟前蹲下來，頭微微仰著看著景賦生的眼睛，裡面充滿了關切與憐惜，還有傾慕。

她低聲道：「是用空間水熬的嗎？」

景賦生被這樣的眼神看著，嘴角的笑意怎麼也壓不下去，甚至還有些蠢蠢欲動。他側頭看了眼西屋，娘、妹妹都沒有出來的跡象，便大著膽子握住她放在膝蓋上的手。

他的手冰涼，她的手溫暖，融合出一絲奇異的餘溫。
景賦生同樣輕聲道：「不是，水打不起來呢。」
說完又接了一句。「沒有滿娘我該怎麼辦呀？」
林滿哼哼兩聲，然後才道：「涼拌唄。」
景賦生忍笑，略微使勁捏了捏她的手。
林滿任他捏著，想起過來的目的，先和他說了石茶帶來的消息，然後道：「我有空間，種子拿回來了，地裡的菜先停了，全種上那些，先讓我們村子裡多拿些種子，到時候可以比其他村子更早種，凡事先下手為強，不論自己吃還是拿去賣，比別人早就有賺頭，你覺得呢？」
景賦生想法和林滿的差不多，他也先考慮到種子拿回來的問題，能拿回來，才能做這些事，種子數量有限，各地都不多。
「滿娘是怕種子拿不回來？」
林滿點點頭道：「可不是嗎？就想問問你，依你對上面那位的了解，是會平均分種子，還是先在一個地方多培養種子再發放？」
若是後者，小蒼村就失了先機，各地都能種起來了，誰還稀罕？
景賦生想了下才道：「若是十幾年前，我倒是能說那位是會給各州縣分發點的，不過……到底許多年不曾接觸，這個問題，我也無法回答滿娘。」

他眼裡的光淡了下去，為沒有幫到她有些懊惱。

這眼神看得林滿心疼極了，忙道：「我也就問問心裡有個底，如果能提前知道能否拿回來，我就去找村長商量，這事不算小，提前做個準備比較好。」

景賦生明白她的顧忌，林滿的地本就招人眼紅，他們能想到用空間培養種子，知道這塊地的人也能想到這上面去。如果再有人打主意，怕村裡的人被那些人設下圈套，鬧出事情來，招惹禍事。雖然大家也明白這塊地只有林滿能種，但到底都是地裡刨食的老實人，哪能比得過別人的心計？

若是提前讓村長知道這是可以讓村裡人都謀福的好機會，他到底會謹慎些，管著村子，說的話也讓人信服些。只是林滿又怕種子不到手，好機會白白溜走，若村長給村裡人打了招呼，結果謀福的好事卻泡了湯，村裡人不會說什麼，但那眼紅病肯定心裡不平，更得乘機攪事了！

畢竟現在村子裡靠著這塊地賺錢的也不多啊。

景賦生想了下，他眼中帶著些狡黠，對她道：「妳去和村長商量吧，若種子沒拿回來，我去想辦法。」

林滿問他有什麼辦法。

「若是真沒有種子分到我們這兒，我就去找白大夫，他子女都留在京中，要弄到種子容易得很。」

林滿忍不住笑道：「你倒是打的一手好算盤。」

景賦生憐愛地摸摸她的頭。「要福娘陪妳去找村長嗎？」

「不用了，我自己去就行，除了河邊的地，空間裡的水也要澆勤快些，今天唐嬸子說作物熟成得越來越快了，我想著到時候拉去鎮上賣，價格還能翻一倍，更划算些。」

景賦生點點頭。「如此也好。」

「這幾天我有好多事情要做，除了生意，女神廟也該翻修起來了，到時候空間的地就顧不上，你帶福娘進去，就靠你們兄妹倆撐著了。」

「有我在妳就放心吧。」說完他又補充了一句。「聘禮錢還得靠它掙呢。」

突然被撩的林滿輕輕捶了他一拳頭，如羽毛落地，輕飄飄地笑道：「那你得打起十二萬分精神哦。」

事情太多，林滿陪不了他多久，最後又聊了一會兒，跟景大娘母女倆打了個招呼，就去村長那裡，平平留在景大娘家玩。

農閒的時候，地裡少有人，偶爾碰見，一般都是修理田埂，除除草，免得吸了地裡的肥料。

小蒼村寧靜安詳，林滿跟著放鬆下來。

雖說士農工商，商人最末，但是對農民來說，只要能掙著銀子，吃飽飯，什麼士農工商，都是虛名，沒有什麼比肚子更重要，就算那些高門大戶，為了財產還不是鬧個你死我活。

林滿找到村長，把自己的想法一說，村長哪有不幫忙的？能帶著全村子發財，吃飽肚子，他臉上也有光。

「滿娘放心，回頭我就挨家挨戶的去說，要想賺銀子，就少和外面的陌生人打交道。」

「除了防著外來的人，還麻煩村長也要叮囑不要把這事洩露出去，畢竟我們搶的是個先機，外人雖然種得沒我們這麼快，但是有人會低價多收，回頭高價一賣，東西不稀罕了，錢也不是進自家兜裡，虧大了。」

村長想了一想，覺得甚是這個道理，想著待會兒就去找里正，讓他跟著一起去忙活。

林滿說完了這事，還有一個想法，也要跟村長說。

「我趕在年前要將女神廟修好，到時候借我和福娘的靈地，將女神娘娘顯靈的名聲打出去，過年期間估計香火應該會旺一段日子，但是我們村通往女神廟的路斷了，我在想要不要在河邊放兩艘船，讓村中會撐船的，年節間做些載客生意，河對面那條去廟裡的路也修一修。」

村長大吃一驚，他是怎麼也沒想到林滿會有這個想法的。

那女神廟荒了有百來年了，早就沒什麼人記起，現在的年輕人大多只聽過傳說，也不會當真，沒想到滿娘會在這上面打主意。

也不難怪村長會奇怪，女神廟和靈地有關係這事，除了周氏和景家，林滿對誰也沒有親口承認過，有些人會聯想到那兒去，不過也就是想想，真有這麼靈，那不早就修起來了嗎？

林滿也是抓住眾人的這個心態，等她修女神廟的消息一傳出去，那所有人的猜想就會變成肯定，女神廟顯靈，林滿就是一個活生生的例子。人只要有了期待，那不得踏破了女神廟的門檻去拜拜？

女神廟的香火，林滿倒是不擔心的。

村長一邊抽著旱煙一邊思考著，雖說都是些口頭主意，但不做就一點希望也沒有，他當即就拍了大腿，讓林滿去行動，他則去說服村子裡的人。

林滿笑咪咪地說好，又道：「村子裡會撐船的，想在女神廟擺攤的，有想法你就記下來，可以提前交訂金，到時候用收的訂金把去女神廟的路好好修理了，要想富，先修路，路好走來的人就更多，以後做生意的人越多，租金也就越多，說不定還能辦個學堂，讓村中的娃子們也能讀上書。」

租金用來修路這個主意還是景賦生給她出的，說她一個人擔著這麼多太辛苦，直接把路鋪好了有些人還不一定領情。林滿覺得這話在理，哪有不付出就想跟著喝酒吃肉的？也要自己付出，才能好好珍惜，回頭還會對你感恩戴德。

村長聽完林滿的話，光想想就覺得熱血沸騰，小蒼村自建立起來就窮，自古讀書人沒出幾個，到了他這兒，村裡一下出了兩個秀才已經不得了，就算去了下面也有臉見列祖列宗，如果能在他的帶領下讓村子都過上好日子，後輩也能跟著沾光。

林滿見村長發著光的雙眼，就知道已經把他說通了，和村長又聊了一會兒，無非是何時開始動工等細節，她便起身告辭，趕著去下一家。

這次去的是漁夫家，村中目前只有他有船。

漁夫家中還是只有兒媳杏娘在，她肚子微微隆起，正忙活著給雞圈裡的老母雞餵食，「咯咯咯」的聲音引來了雞群，餵完回頭一看，就見滿娘站在那裡。

她連忙放下裝雞食的瓢，將手洗乾淨了才過來。

「滿娘怎麼這個時候來了？妳要的魚還沒打回來呢。」林滿的燒烤生意好了起來後，在他們家訂的魚越來越多，她現在有孕，丈夫又不敢到遠處去找活兒，本來就是農閒的時候，又沒有進項，靠著給林滿供貨也賺了不少錢，一家子人都記得她的好呢。

林滿搖搖頭，看著她肚子道：「我不是來拿魚的，是來找于大叔商量租船的事。妳這就開始顯懷啦？四個月了吧？」

杏娘摸著肚子，臉上滿是將為人母的喜悅柔和，應了一聲是，接著將林滿引到堂屋裡坐下上了茶。

「妳懷著大肚子，不要那麼忙活。」

「不忙活，不就端個茶？輕巧得很。」杏娘跟著坐下來，將話轉回來問道：「怎麼突然要租船了？」

林滿道：「我準備將河對面的女神廟翻修起來，繞過大蒼村去女神廟太遠了，耽擱時間不說，運材料過去也是筆不小的費用，我想租于大叔的船運些材料過去。」

杏娘疑惑道：「雖然不知道妳怎麼想修那個地方，但是材料在大蒼村買不就行了嗎？我公爹的是漁船，石頭那些大件也運不了呀。」

這個問題林滿當然想過，回道：「石頭、木材那些大件的，張石匠在大蒼村已經訂好了，這邊只需要運一些小材料和人過去，繞幾個時辰過大蒼村，太費事了。」

杏娘點點頭，覺得這樣是沒有什麼錯。隨即，她眼睛一亮，有些不好意思問道：「那……那修廟是不是要人？我夫君能不能去？」

林滿知道她這是想給家裡多找點進項，就笑著點頭。「可以呀，張石匠那裡我去說一聲，應該沒問題。」

杏娘感激地應了，說現在就去找公爹、公婆和相公回來，剩下的他們幾人合計。

林滿讓杏娘不用那麼麻煩，她大著肚子跑來跑去不方便，只讓她跟于大叔說一聲，如果願意就來找她商量詳細的事，如果不願意她再另想辦法。

杏娘一再保證會把話帶到，客客氣氣地送林滿出門。

林滿又去找了張石匠，問他工具材料準備妥帖了沒有，人員找好了嗎？順便把于大叔的兒子推薦給他。

林滿這個花錢的都不嫌人多，張石匠就更不會說什麼了。「都齊了，不過翻修廟宇是大事，倉促不得，一個不小心擾了神靈可是要遭天譴的，妳還是找風水先生指個好日子，拜了四方神靈才能動土。」

這個林滿自然想到了，先前在集上就找了頗為出名的先生算好了日子，現在已經月末，這個月沒好日子了，下個月初十，正是宜動土造屋的好日子，林滿也算好了，趁這幾天把河對面的路修好，這個也是和張石匠打了招呼的。

那條路本就是現成的，不過是長年累月沒人去，早就荒廢得不成樣子，暫時不需要修得多好，能過人就行，明天就可以動土。然後等村長那邊的資金一到手，就能好好地把路重新打理。

萬事俱備，只差于大叔肯不肯借船了。

到了下午，于大叔主動找上門來，靈地邊挨著的河已經許久沒有人在那裡駛過船了，畢竟以前邪乎得很，人都沒有一個，只是現在林滿的地開了出來，才漸漸有了人氣。

林滿也知道這點，開的租船價格也不低，八十文一天，只需要載人和載點小東西，和那些苦力的價格都快差不多了，他這活兒還不費什麼力氣，于大叔心中自然是心動的，但又實在怕那條河，自己心中也拿不定主意。

但林滿知道，于大叔既然願意來，心中就已經想通了，不需要她再費什麼唇舌。

林滿跟他說了活兒的詳細內容，說完又說了今天和村長商量的事，提前給他透了個口風。「以後這廟修好了，于大叔賺錢的機會就來了。」

于大叔趕忙問了詳細的事，林滿就把村長說的那套搬了出來，以後女神廟是個好做生意的地方，不過做生意都知道，好的攤位自然是坐著數錢，差的不是不能賺，但能跟好攤位比嗎？若是有想法，現在就可以去找村長交訂金，以後優先留個好位置。

于大叔聽完沒有應，只是皺著眉頭，不過林滿話已經說出來了，怎麼考慮就是他的事了。雖然林滿很想要于大叔去把訂金交了，這樣後面才有資金好好修路，不過也得人家自願，如果生意真能好就不說，人家自然是覺得不虧，萬一生意沒有做好，回頭自己還惹得一身腥。

自從聽了景賦生的事情，林滿也不敢像往日那麼天真了。

于大叔走了，沒過多久周氏又找上門來，她臉上帶著些喜意。

「滿娘妳給的消息是真的好，我剛才去村長那兒交訂金，是第一個人呢，村長還寫了字據給我，說一定會給我留個好位置！」

林滿上午辦完那些事，就回來先給周氏說了攤位的事，周氏靠著各類泡椒蔬菜也掙了些銀子，她有餘錢，又吃過做生意的甜頭，一聽林滿說完，都沒有猶豫就去找了村長，她是第一個去的，村長覺得是開門好彩頭，自然喜孜孜的，周氏覺得自己簡直撿著便宜了。

「嫂子說哪裡話，我不過就遞了個消息，嫂子相信我的話，是妳自己應得的。」

周氏開心地坐下繼續道：「雖然集上也有人開始模仿我這道菜，但材料不一樣，做不出這樣的味道，只盼明年趕緊來，開了春養了小雞崽，那時候我再好好掙一筆！」

說完她從懷裡掏出一個小布包，對林滿認真道：「這裡有五兩銀子，妳收下。」

林滿瞪大眼睛，疑惑道：「嫂子這是做什麼？」

周氏理了理耳邊的頭髮，有些不好意思道：「妳將方子說給我的時候，我知道妳是想回報我，但現在一想，當初我也沒做過什麼不得了的事情，不過就是幫扶了妳一把，還是當家的說了我，天下沒有白吃的午餐，靠著妳的方子掙了銀錢，不應該貪那點小便宜，這五兩銀子，就當是我把妳的方子買了吧。」

林滿哭笑不得，她確實是想回報周氏來著，卻沒想到這夫妻倆如此老實，想了想還是收下了銀子，不然這夫妻倆怕是不敢再和她來往，總覺得欠著自己。

周氏見林滿收下錢，果然鬆了一口氣。

林滿乾脆又賣了個主意。「嫂子不如現在就收些嫩雞，等女神廟修好，那時才是最能掙錢的時候！」

第三十四章

第二天，林滿和張石匠便帶著人去河對面修路了，村中大多數人心中好奇，都跑去看熱鬧，村長乘機宣傳了一波修女神廟和設置攤位的消息。

「啥？修女神廟？林娘子是錢多沒地方花了嗎？」

「我覺得這事情不簡單啊，會不會女神廟跟靈地有關係？不然滿娘修它幹啥？」

「說不定是滿娘的誠意感動了女神娘娘，所以這塊靈地她才能種？」

「福娘不也能種嗎？她怎麼不修？」

「這你就不知道了吧？林滿當初買地的時候錢不夠，所以福娘是跟著她一起買地，能種的還是只有林滿！」

那人一說完，人群就發出各種驚嘆聲，或是羨慕、或是嫉妒。

通往女神廟的舊路早就沒有行走過的跡象，先將挨著河的草木處理掉，還好現在是冬季，倒不怕有蟲蛇突然竄出來咬人。

眾人看了半天，見和普通開道沒什麼區別，頂多費些人力而已，覺得無趣，不多久就散了。

林滿沒有去監工，正在空間裡打水，先前她囑咐了福娘記得用此水熬藥，於現在的她來說，給景賦生治病才是大事情。

景賦生的針灸治療需要三天一次，等大後天他們又要去鎮上時，林滿準備在空間備好幾筐菜，到時候直接送去興福樓試試。

她算了下手中的生意，主要是菜生意，這個和福娘五五分成，另一個就是自己的燒烤生意，酸菜生意倒是做得不大，曬的菜乾她也準備做成鹹菜，算起來都是錢少量多的生意，雖是有賺，到底速度不快。

聽了景賦生的事情以後，她賺錢的想法尤為強烈，錢多賺點，做事情總是有保障。想了想，她手裡倒還有幾個賺錢的法子，上次的麻辣小魚仔沒有端出去賣，最後除了分給村裡的小孩子，都被自己和景家的人吃掉了。

她想了想，等于大叔忙完今天的活兒，她去找他再要些小魚仔，做出來趕著當集的時候一起賣，若是賣勢好，有人願意買配方，價格合適她就賣了。

主要是小魚得來的量不像大魚那般穩定，全靠運氣，村中又沒有人特地養魚，她懶得去找固定貨源。

林滿嘆了口氣，以前總想著錢慢慢賺，做這種錢少量多的生意，她倒是不著急，現在突然亟需用錢，手頭一下就緊張起來。

景賦生在旁邊見她唉聲嘆氣，便問了一句。「心中有事情？」

林滿點點頭，倒是沒有瞞他。「想著怎麼賺錢呢。」

景賦生垂眸想了一會兒才道：「可是為我的事情？」

林滿知道他在想什麼，她賺的錢自己已經十分夠用了，卻因為他的事情又要勞累起來，心中過意不去，覺得是他拖累自己。

「你想什麼呢？沒你的事情我就不賺錢啦？再者，我本來就是打算讓大伙跟著一起賺錢，就算沒有你，不該落下的都不會落下，別忘了，福娘可是最早和我一起賺錢的，那時候還不知道你在哪個角落呢！」

景賦生忍不住笑了起來，低低道了聲是。

林滿心中主意多，本想著一件一件慢慢來，畢竟一樣生意你能做，別人照樣可以跟著做，現在集上已經有人悄悄地在仿效燒烤生意了，只是菜品味道都不如她，但也說不定自己會一直領先，她本想著等這生意滿大街了，她又可以開發新吃食，跑得快才能掙著錢。

但現在看來是不行了。

景賦生治病花費鉅額，雖然白上行是舊識，不收診金醫藥費，但是吃的藥有好幾味都十分名貴，景家也實在厚不下那個臉皮白吃人家的。

林滿不可能直接把錢給景家，這樣太侮辱人了，景家也不會要，她只能想法子拉景家一把。

景福卿也去村長那裡寫了攤位，做什麼生意還沒有想好，好在女神廟並非佛寺那般講究，賣些葷食也是可以的，林滿心中又有了打算。

心中有主意，她便不在景家繼續逗留，回了家進空間，看著那一畝紅通通的朝天椒，摘進了籃子裡。

這一次，她不是賣方子，也不需要自己挨個兒挨個兒去推銷，而是要讓別人，自己來拿貨！

林滿前世與母親做吃食生意能經久不衰，自然是有自己一套秘方，那便是辣椒醬。

店裡除了經營燒烤外，還有串串，是客人點好菜，煮熟後再端上去，店裡有兩種蘸醬可選，不要錢的是普通辣味蘸醬，另一種就是他們自製的蘸醬，一碟收十塊錢，加碟也要收錢，聽上去這生意挺黑的，但賣得確實是十分好。

這門手藝是她外婆交給母親，母親再教給她的，本想拿來做壓箱底的手藝，畢竟古人的智慧確實厲害，她不敢保證這手藝一出，能像前世那般是長久生意。

不過現在她想通了，就像先前所說，天下哪有做得完的生意，跑在前頭拉攏一批顧客，只要有固定客源便有錢賺。

林滿摘了幾籃朝天椒，她本想用普通辣椒做，但想了下普通尖椒辣勁不足，就小蒼村和梨花鎮的口味來看，大家都愛吃辣味較重的食物，她的朝天椒並沒有向外兜售，只開了一畝供自己使用，還有便是給周氏賣了點。

一畝地若是種自己想吃的蔬菜也是能種好幾樣，全部種辣椒數量自然不少，她規劃出來想的便是有這麼一天，沒想到這麼快便派上了用場。

林滿從雜屋間找出許久未用的搗臼，凹槽裡已經布滿了灰塵和蛛網，還有不知名的雜質，將整石打造的搗臼費力搬出屋外，用清水裡裡外外洗得乾乾淨淨，便放在通風口，等它晾乾。

這個空檔，她帶著平平坐上牛車，去了集上買些調味料，她現在雖然是試做，但量也不算小，家裡的薑蒜是不夠用的，還要糖和一些新鮮果子。

林滿買完東西不著急回家，先去天香樓找郝掌櫃聊天，現在天香樓生意好，郝掌櫃有意往鎮上發展，最近經常往那裡跑，這又是一個商機，她怎麼會放過？

郝掌櫃待林滿客氣不已，原因無他，天香樓現在的菜源全依靠林滿，還是獨一份的，別的地方又尋不到，說她是財神爺也不為過，自然不敢怠慢。

林滿秉著顧客是上帝，待郝掌櫃也是好言好語，兩人相談甚歡，氣氛漸入佳境，林滿適時表明了來意。

「不瞞掌櫃的說，聽說你要往鎮上再開店後，就一直想來尋你聊一聊。我這菜生意也有鎮上的人來訂購，這邊貨也備好了，只不過這價格自然是與你不同的，你是我的老顧客了，自然優惠更多。」

這話當然是她胡謅的，她確實是有往鎮上賣菜的主意，但也只是在準備階段，還沒有真正實施起來，但話卻不能如實說出來，大家都是生意人，自然是利益為上。

郝掌櫃聽了她的話細細一想，而後明了，雖說行行是對手，明面往來很少，但暗地裡卻是各方打聽情況，畢竟知己知彼，百戰百勝，他這幾日成天往鎮上跑，可不就是觀察別家怎麼做的？

再往深裡了解，食材源自何處，進價幾何，也是稍微知道的，酒樓除了菜品口味，定價也是客人的考量之一，梨花鎮到底不是大富大貴之地，誰不想尋得物美價廉的好去處？

林滿這話給他透露了兩個訊息，一是她給鎮上開的進價高於自己，但不會跟自己再漲價；二是他天香樓的菜品將不再是獨一份，他有了競爭對手。

生意上弱肉強食，林滿其實完全不用專程來告知他，就算後面知道了他的菜品不是獨一份，他也是沒有資格生氣的，總不能擋著人家不做生意吧？林滿這話的後面，估計還有其他生意要做。

郝掌櫃主動開口道：「林娘子對我的照拂我記住了，若是林娘子有什麼新鮮生意大可來找我，若是合適，咱們還可以繼續做其他生意。」

林滿笑了起來，等的就是他這句話。

「郝掌櫃是聰明人，我這裡確實還有一份好東西想跟郝掌櫃合作，不過東西還在製作中，等幾日過後我拿來給掌櫃的看看，順帶可以賣給掌櫃一個點子。」

林滿並不是胡亂做保證的人，能特意跑來跟自己說這些，說明心中確實已經有賺錢的好點子，只是不知道條件是什麼，但只要能賺錢，條件合拍，應下也不是不可以。

「那幾日後期待林娘子的好主意。」

林滿先前說了那麼些話，都是為了後面的生意，讓郝掌櫃知道在鎮上他的酒樓生意並不是獨一份，要想獨領風騷還得有其他新鮮東西吸引注意力，好在郝掌櫃明白她的意思，言語間也願意配合。

林滿露出一個甜甜的笑。「好的，如果到時候郝掌櫃不滿意我的點子也沒有關係，咱們認識這麼久了，今天就當是老朋友的閒談吧。」

郝掌櫃知道這是怕後面生意談壞了兩人面上都難看，林滿提前打個底，他便點點頭，應和道：「這是自然。」

談完生意上的事，林滿順口問道：「郝掌櫃往鎮上跑了這麼多日，可有聽說其他消息？我在村子中聽說有位和親公主回來，還帶來了一些種子。」

郝掌櫃想了下，點頭道：「確實是有這麼件事，聽說武捕快去了縣裡專程為了這事，但我也只聽了一星半點兒，也沒有什麼有用的消息，幫不了林娘子了。」

林滿倒沒有失望，她本想從郝掌櫃這裡打聽看看，那馬鈴薯和地瓜的種子有沒有機會分到這裡來，不過沒承想過去了這麼多日卻還沒有結果。

轉念一想，京城離這兒有千里之遙，那般重要的種子定是先緊著天子腳下，而後是其他富庶地方，像小蒼村這種深山老林，只能等著撿漏，上傳下，哪能有這麼快。

與郝掌櫃告辭，林滿還要趕著回去製作辣椒醬，只有趕緊將東西做好了，才能談後面的生意。

第三十五章

回到家中，林滿先去察看走之前洗乾淨的搗臼晾乾沒有，見已經乾得差不多，便進了廚房開始給辣椒去蒂，而後切成小粒。

為防止平平不懂事跑來玩辣椒，林滿在地上鋪了張大簸箕，再在上面鋪上厚厚的棉絮和被子，最後把鎮上買的小玩意兒給她拿來，讓她自己待在裡面玩別出來。

幾籃子辣椒不是輕巧活，一籃子能裝四斤小辣椒，她摘了三籃有餘，有得忙了。切完差不多十二斤的朝天椒，林滿手腕痠是小事，指尖卻是火辣辣的，她用醋反覆洗了幾次才算好一點。

將切好的辣椒裝進盆裡，她端到搗臼處，將顆粒狀的辣椒搗得爛爛的，成泥狀後裝進另一盆，還時不時囑咐平平別過來這邊，朝天椒不是普通辣椒，別說大人都怕，小孩子沾上更不得了。

如此忙碌了許久，黑幕剛剛遮蔽整個天空，林滿堪堪搗完，手臂用力太久，有些泛痠，平平也已經玩膩了，鬧著肚子餓。

收拾好搗爛的辣椒泥，歇了一小會兒，先把搗臼洗乾淨繼續放在通風處，然後進廚房做晚飯，現在填飽小丫頭的肚子才是要緊。

搗好的辣椒泥不能久放，不然味道會散，必須一鼓作氣將剩下的也忙碌完，好在平平懂事，吃飽了飯，由著林滿給她洗完了小臉蛋和小腳丫，自己便去暖和的被窩裡面歇著了。

林滿見小丫頭如此乖巧可愛，心中又憐惜、又欣慰，等她睡著後才回到廚房忙碌。將煤油燈芯撥了撥，屋內的光芒亮堂了一些，林滿將洗好的薑、蒜分別切成末，畢竟有十二斤辣椒泥，要切的薑、蒜末也不是小工程，但好在沒有辣椒那麼累人。

弄完這些，還差最後一道材料，便是今天在鎮上買的疙瘩梨。釧縣氣候濕冷，有些果子熟得不快，疙瘩梨就是其中一種，它皮薄肉嫩又多汁，家家戶戶都會種上一棵果樹，到了沒什麼好吃食的冬天，這就是美味的零嘴，用它來捂熟的冬柿味道也十分好。

林滿將洗淨的疙瘩梨削完皮，細心地去掉了核留下了果肉，將它切成小塊倒入搗臼搗爛，這樣比手切更能留住梨汁，做出來的辣椒醬也會多一分香甜味，省力又划算。

弄完了所有的梨子，林滿額上已經出了一層薄汗，她用清水洗乾淨後才又重新回到廚房。

所有的材料都已準備齊全，她依次將蒜末、梨泥和薑末倒進辣椒泥裡，然後再加入鹽、白糖和少量白酒，用擀麵棍將其攪拌均勻，這個步驟費了她不少工夫，畢竟一大盆的東西還是不少，需要費些力氣。

攪拌完以後，再裝入無水無鹽的罈子裡，密封好就行，只需要等個三到四天，便能吃了。

忙完了所有的活兒，林滿便有些腰痠背痛，上輩子畢竟有機器幫忙，這個時代完全靠人力，她想若是這個生意做起來了，以後怕又少不得要請人。

吹滅了廚房的油燈，林滿站在屋簷下，看著遠處一片漆黑的山，心緒感到莫名的寧靜。

細細想著來了這個村子以後所發生的的點點滴滴，著實感覺自己還算幸運，身旁有著幫扶的鄰里鄉親，雖說也有與自己不對盤的，但也沒有做出大奸大惡的事情來，若是整天都要想著如何對付一群奇葩，自己的生意也不能發展得這麼快。

她為村中也想了許多做生意的法子，但都得一步步慢慢來，比如自己先開墾了靈地，村中人可以來做工，農閒時也能掙得一些銀錢，也有像石茶那般自己發現商機的。

她本還想著，帶著景家和周氏發展起來以後，他們身邊以後也是要人手的，就這樣慢慢的，大家忙完地裡活都可以來做工，只要不是懶的，總能攢下銀錢來，只是太慢了。

地瓜和馬鈴薯的到來簡直就是意外之喜，姑且不說這兩樣對身體的諸多益處，就憑易活、易生產，就能讓小蒼村不受饑餓之苦，再發展成幾道吃食往外推廣，變成小蒼村的特色產品，到時候便是源源不斷的銀子，一本萬利。

這一切，都得感謝女神娘娘賜予的空間，讓普通的事物變成了獨一無二。

這麼想著，她忍不住進了空間，想要拜一拜女神娘娘。

空間一如外面的夜那般寂靜，每次進來後林滿都感到心神寧靜，再多的焦躁也隨之消失。她像往常般先察看了地裡的菜，而後才去到河邊，望著對岸的女神像。

「多謝娘娘賜予民女一方福澤。」

林滿朝著女神像拜了三拜，再抬頭時，總覺得女神像的面容更溫和了些。

她仔細看著，腦子裡面靈光一閃，突然有了許多想法。

記得景賦生第一次來空間時，女神像煙霧裊繞，看不清尊容，後來景賦生自己能自由出入空間後，女神像的煙霧便又散了些，她猜測，女神娘娘是否在對她暗示什麼。

聯想到最近空間植物加速成長，也是在景賦生能自由出入之後的事，或許是與他有關？但空間最先是降臨在自己身上，而後才是景賦生身上，莫不是告知她，有什麼事情，是需要她與景賦生一道才能完成？

她想了一會兒沒有想明白，不如等明天去詢問景賦生，或許他又有什麼不一樣的見解。

去。

在空間又與女神像相處了一會兒，林滿察覺時辰已是不早，便不再逗留，轉身出去。

空間裡面依舊寂靜無聲，女神像似乎能感受林滿所想，慈悲的容顏，越發溫和起來。

第三十六章

放晴了幾日的老天爺終於陰了起來，林滿本想著若是還有太陽，就把昨夜裝好的辣椒醬抱出來曬一曬，冬日的陽光暖意正好，這麼曬一、兩日，味道只增不減，但現在只能將這個念頭打消。

昨夜歇得晚，但她卻不敢貪睡，昨天修路她沒有去看，今天再不去便說不過去了，倒不是怕請的工人偷懶，只是想看看進度。

來到河邊，唐嬸子一行人剛到菜地裡，見到林滿互相打招呼。

「滿娘今兒個來這麼早？」

「是來看地裡的活兒還是看修的路？」

「先前聽石茶和村長跟我們打招呼，說是有好東西要種，村子裡人人有份，是真是假？」

最後說話的是白嬸子，兩家本來不熟，但景福卿曾在她家捉過一隻狗，後來地裡缺人，白嬸子就找上來，林滿讓她幫忙了兩天，見是個勤快的，也就留了下來。

村長不讓她們到處說這事，她語音放得極低，只有跟前這幾個人能聽見。

林滿知道昨天村長和里正應該是去找村裡人了，便點點頭道：「是有這麼個消息，不過我也在等結果呢，嬸子們千萬莫要將這件事到處說道，別的地方怕是要明年才能種的，我們這裡今年就能種，到時候傳到外人的耳朵裡，萬一惹出不必要的麻煩就麻煩了。」

白嬸子趕忙閉緊了嘴巴，那眼神彷彿恨不得自己剛剛什麼都沒有說過，就怕隔牆有耳給人聽去了。

自從地裡菜長勢變快以後，幫工們也越來越忙，這幾天動作都加快了些，現下也沒有多餘的時間和林滿再聊，忙完地裡的活兒還要回去做飯、洗衣服，一刻也不得閒。

農家的婦女天生就是勞碌命，以前在家裡洗洗刷刷、屋裡屋外一天就過去了，現在有了活兒，雖然更忙了，但誰也不去抱怨。同樣是做農活，現在還有錢賺，晚上回家順手在地裡抱幾顆菜回去也沒關係，只要不過分，滿娘從來不管這些。

待幾人都下了地，唐嬸子便走過來，悄聲道：「地裡妳還是來看看吧，有些人啊，心大了。」

說完，朝地裡一個穿灰衣略胖的婦人使了個眼神。

林滿順著看去，那灰衣婦人是白氏，住在村西頭，林滿見過她幾次，印象中沈默寡言，動作也不拖沓，倒看不出什麼問題。

但唐嬸子她還是信得過的，她這麼說定然是發現了什麼，林滿點點頭，表示自己會留意。

唐嬸子剛下地不久，于大叔和他兒子于小河便撐著船過來了，張石匠稍後也帶著人跟著趕了過來。

幾人打了招呼，林滿上了船，讓于大叔帶她去河對面看看。

昨天一群人緊趕慢趕，將去往女神廟的路通了大半，廟宇本就在這座山後面，若是將路打通，不過一刻鐘就能走到女神廟，哪還需要從大蒼村繞兩個時辰的路。

林滿問道：「這路今天能打通嗎？」

張石匠卻搖了搖頭。「怕是不行，前面路我去探過了，那裡已經是深處，荒廢得比這河邊還厲害，再加上百年前那場地震，原來的路也被堵住了，不過好在沒有石塊這些挪不動的東西，也許還要三天吧。」

林滿算了下時間，明天就是冬月初一，冬月初十開工修女神廟，也得要個把月，若是老天爺賞臉不下雨，在年前完工是沒有問題的。

而且那時候距離過年也還有半個月時間，正好把名氣打出來，年間不少人會出去遊玩，各大廟宇也正是香火鼎盛的時候，這時候攤子一支，正好賺錢。

算完這些，她心中鬆了口氣，冬日大雨不多，只求修路這幾天千萬別碰上了。

林滿視察完河邊的活兒，轉身就去了景家，昨兒夜裡在空間的諸多疑惑，她還想與景賦生說說。

去了景家，平平一溜煙便跑去找雙兒玩耍了，小不點現在白白胖胖的，看得林滿忍不住就想親一口，一雙滴溜溜的大眼睛像極了她娘，可愛得很。

景大娘和景福卿正在商量明年要養些什麼家畜，她們手裡現在有了餘錢，便想著是不是養些雞鴨鵝這些好養活的，而且她們已經提前知道周氏要收這些，不怕賣不出去。農家便是這樣，一步一腳印，不嫌錢少，踏踏實實地掙每一分錢。

景大娘見了林滿，不等她開口，便笑咪咪道：「生哥兒在屋裡看書呢。」

林滿眼中閃了閃，雖然心中明白景大娘肯定知道了兩人的事，但畢竟沒有挑破，到底有些不好意思。她點點頭，任由平平和妹妹玩，轉身去了東屋。

景賦生躺坐在床上，手中捧著書本，見林滿進來，琉璃眼染上緋色般的光彩，撐著坐了起來，嘴角忍不住上揚。「滿娘來了。」

林滿走過去，將蕎麥枕頭往他腰後墊好，語氣中也滿是歡快。「嗯，來和你說點事。」

景賦生放下手中的書往裡靠了靠，給林滿騰了點位置，林滿倒也沒忸怩，挨著他坐了過去。

她還沒有開口說話，忽然見景賦生的臉色慢慢沈了下來，她心中一驚，忽而想起上次他發病的時候，以為他身子又不舒服，正緊張著，卻感受到景賦生微涼的指尖正輕輕撫過她眼下方的陰影，語含擔憂。「昨夜裡沒睡？」

他動作十分小心，輕輕劃過，留下一片漣漪。

林滿兩輩子加起來，十足十的一個大齡剩女，此刻不爭氣得紅了臉，腦子裡面略有些混亂，又有些甜蜜，下意識地點點頭道：「夜裡忙了一會兒，睡得晚了些。」

景賦生嘆氣道：「又是有新生意的點子？」

林滿繼續點點頭。

景賦生眼裡染上心疼，還有幾分無助，對她道：「讓妳受累了。」

知道景賦生這是心疼她，林滿心中比吃了蜜還甜，笑道：「不累的。」

景賦生看了眼沒關的門，也知道娘、妹妹不會在此刻來找自己，便大膽地握住林滿的手，問道：「有什麼事情想與我說？」

林滿便將昨夜裡的猜測細細和他說了，完了又道：「我尋思著，地裡的變化是不是與你和我有關係？」

景賦生想了想道：「百年前這塊靈地和空間也是有用處的，但沒多久卻毀在了地震，我猜測是不是前主人對空間或者女神像做了什麼忌諱的事情，不如等我去查查百年前地震之前，這村子發生過什麼，說不定會有線索。」

林滿沒有想過這麼遠，現在聽他這麼一說，也有幾分道理，便點點頭道：「你腦子比我聰明得多，你去查應該快些，只是你的身子受得住嗎？」

景賦生眼中染上一抹調笑。「滿娘放心，以後可是要娶妳的，身子受不住怎麼能行？」

或許是因為談戀愛了，對於男女之事敏感了些，林滿瞬間反應過來他話中的意思，這下臉是真的紅了起來，吶吶地說不出話。

一本正經的禁慾系男神景賦生，突然開葷段子，真的是……太反差萌了！

林滿向來自詡厚顏無恥，反應過來後立馬回擊道：「受得住最好，你受不住沒關係，我受得住就行。」

「咳……」這下倒是換成景賦生臉頰染緋，雖說有些不大好意思，但眼中還是忍不住溢出了笑意。

說到兩人的婚事，林滿問道：「我們的事情景大娘已經知道了吧？那要不要直接挑明？」

景賦生搖搖頭道：「妳和平平現在還是守孝之身，我們兩家來往頻繁，村中人大都以為不過是生意上的牽扯，暫還未往其他地方想，和娘挑明等同於告知她，可以帶著媒婆上門了，等過了年後吧。」

景賦生低下頭，以額頭抵著她額頭，輕聲道：「滿娘再等等。」

屬於景賦生獨特的涼溫從額頭傳來，他身上還有殘留的藥味縈繞在鼻尖不散去，林滿呼吸都急促了幾分，胸口也莫名心疼了幾分。

她吶吶道：「說得好像多迫不及待要嫁給你似的……」

「嗯，滿娘沒有想嫁給我。」

「……無理取鬧。」

「嗯，我無理取鬧。」

「景賦生。」林滿的語氣突然嚴肅起來。

「嗯？」他坐直了身子看著她，見她也正直直地看著自己，似在鼓勵他一般。

「你要快點好起來呀。」

儘管林滿一直表現得十分樂觀與鎮定，但她心中其實比任何人都要明白，景賦生的病是十幾年的舊症，還是那般可怕的毒藥，不是一朝一夕就能解決的，空間水到底有沒有效，自己心中實則是沒底的。

或許有效，也或許沒效，也或許有效但不能根除。

她的擔憂如一汪溫泉，細細包裹著他，她是他未來的妻，只這麼想著，心中情緒便不停翻湧。

忍不住，在理智反應過來之前，他便摟過她，用自己冰涼的唇湊了上去，緊緊壓住那抹微張的淡粉。

腦子裡面哄地一聲炸響，林滿心臟怦怦地跳個不停，唇間縈繞著一股藥香。

「咳……」

一聲尷尬的咳嗽聲不適宜地在門口響起，驚得兩人速速分離，不敢看彼此，也不敢看門口。

景福卿抱著孩子站在門口，心中不斷怪自己為何這麼腿賤，偏要這個時候來，但臉上卻只能裝作無事發生的模樣，對屋裡人道：「滿娘，村長找妳。」

第三十七章

林滿在東屋裡收拾好情緒，向景賦生投去半瞋半怪的目光，臉上羞意未退，但不見惱怒。

景賦生心中大鬆口氣，方才情緒使然，自己確實過於衝動了些，話雖如此，但他卻並不後悔，心中只留一片甜蜜。

見林滿起身準備往屋外走去，不和自己說一句話，心中不免發慌，抓住她的指尖，語氣可憐道：「滿娘莫生氣好不好？」

林滿本是看著門口，景福卿喊完人就腳底抹油，早就開溜了，聽到他這句話林滿又轉回身看著他，面上一絲笑意也無。

景賦生眼中的色彩漸漸暗淡下去，握著她的指尖微微用力，只怪自己做糊塗事了。

林滿忍著笑，看他神色低迷，指尖被他捏得微微發痛，看樣子是被自己嚇著了。她一步跨過去，輕而易舉地抽出手，而後雙手捧起他消瘦的面頰，狠狠地吻了上去，而後又迅速退開。

見景賦生還未反應過來，一臉迷濛地看著她，林滿挑挑眉道：「這下扯平了。」

說完便離開了屋子，村長還在外面等著呢。

景賦生目送那道窈窕的身影出了門，後知後覺地撫上了自己的唇，眼中無奈中帶著寵溺，低笑出聲。

真是……一點虧也不肯吃。

話說到林滿這廂，村長一見到她就迫不及待道：「喬文小子回來了，種子帶回來了，妳快去看看。」

林滿雙眼一亮，忙道：「在哪裡？」

「他和另一個捕快一起來的，現在在我家呢。」

林滿不再耽擱，趕忙和村長一道回了他家。

先前心裡已經做好了各種準備，卻不想運氣如此之好，他們這個偏遠的村子也能分到些。

武喬文還是穿著那身紅黑相間的袍子，一如既往的英姿颯爽，他見林滿來了，便站起身子，往她身後看了一眼，後面跟著的是村長，再往後便什麼也沒有了。

他收回視線，禮貌地打了招呼。「林娘子，村長說這東西一定要妳來看，妳可認得這個東西？」

林滿當然不能說認識，就算是和平年代，到底是別國的東西，妳一個村姑如何認得？不免讓人多想。

她道：「不認得的，只是你也知道我有這麼一塊好地，想看看這東西能不能種得。」

武喬文點點頭，不再開口。

帶來的種子不多，地瓜、馬鈴薯各一小菜籃，林滿小心地拿出來數了數，地瓜種子十個，馬鈴薯比較小，籃子裝得多些，有十五個。

比自己預計的多了許多。

武喬文觀察著她的神色，突然問了一句。「聽說妳這地是和景家娘子一起買的，她不種？」

「啊？」正蹲在地上滿心歡喜看種子的林滿一愣，一時沒有反應過來話題為何轉得如此之快，但見他目光磊落，彷彿是隨口一問，也沒有過多想法，回道：「自然是要一起種的，不過她在家中帶孩子，一時半刻走不開。」

武喬文點點頭，表示明白了。

這時跟著武喬文一起來的另外一個捕快開了口，對著村長道：「這種子本來是落不到你們村子頭上的，還是武兄弟在縣裡周轉許久，花了好些時間銀錢打通了各方關係，才拿回了這麼一些，你們村可一定要好好爭氣，努力種出來，別浪費了武兄弟對村子的一腔熱情啊！」

林滿和村長齊齊震驚得看著武喬文，都感嘆武喬文對小蒼村的感情如此之深，特別是村長，差點熱淚盈眶，看著武喬文只說了一句。「喬文小子有心了！」

武喬文語氣頗有些無奈。「沒那麼誇張，我也不過是為了自己的私心罷了。」

他的私心能是什麼？不過就是想拉自己家裡一把，但這卻也是有利村中的大好事。

那位公主不僅帶回來種子，也帶回了詳細的種植方法，武喬文耐心和村長、林滿說了幾次，林滿是知道怎麼種的，但還是耐心地聽完了。

說完這些，兩位捕快的任務便是完成了，剩下的事便是村中自己的造化了。武喬文好不容易回來一次，他娘賈氏定是要留他吃一頓飯的，他便邀了自己同仁一道回了家中。

村長慎重地將種子交給林滿，對她道：「交給妳了。」

林滿點點頭，拿著直接去了河邊的地裡，唐嬸子們還在地裡忙活，見林滿手裡提了籃子，大聲問道：「滿娘提了什麼東西？」

「唐嬸子。」林滿回了一句。「地瓜種子拿回來了，把妳跟前那菜收了就別種了，先把地刨了，起兩排高壟，我等下種地瓜和馬鈴薯。」

種這兩樣最好是深耕整地，但是現在種子少，用不著牽牛拉犁，先把種子培養出來再說。

唐嬸子一聽也跟著興奮起來，立馬應了下來，旁邊的白嬸子聽了趕緊忙完自個兒跟前的，然後去給唐嬸子幫忙。

不多時兩排壟便起好了，林滿比著距離埋下種子，地瓜一排，馬鈴薯一排，而後又去河邊打了水，挨個兒澆了，河水浸濕土壤，留下一片深褐色。

河邊修路的幫工也知道全村子都等著這兩樣東西呢，一聽現在就種上了，便停下手裡的活兒前來看稀奇，村長跟在後面也來了，心情很是激動。

活兒倒是不多，現在只要守著長苗就行，想著她這地熟得快，便對其他幫工道：「別地的地明天熟了也別下種了，留著地吧。」

眾人知道這是等著第一波好了，後面要大面積種了，到時候自己都有份，一個比一個激動，看那兩排種子就跟看銀子似的。

林滿想起今天唐嬸子說的話，不禁看了簡嬸子一眼，心裡琢磨了一下，對村長道：「這個東西至關重要，晚上我守在這裡吧。」

村長想了下，畢竟是重要的第一波，謹慎一點是沒錯的，便道：「我讓我家兩個小子來守吧，妳一個婦人家到底不方便。」

林滿也沒爭，這個時候男人比女人好使得多，便應下了，回頭自己在空間待著盯看也是一樣的。

林滿不禁將目光朝簡嬸子看去，見她正盯著那兩隴種子發呆，聽了村長的話後手握得緊緊的，不知道在想著什麼。

待忙完這些，林滿想著地裡這幾天怕是都要種地瓜、馬鈴薯，其他菜雖然有存餘，但也撐不了多久，還是要去趟集上，跟商戶們打聲招呼，這幾日的菜不多，讓他們緩著點。

不過在去集上之前，她準備先去趟武大叔家，范齊林的事情，她一直尋不到合適的機會去說，現在武喬文剛好回來了，正好提一提。

她和村長說了一聲，她心中對種子還有點疑惑，想去武家找武喬文談一談，村長不疑有他，讓她去，自己在地邊給她盯著。

林滿來到武大叔家，藉著剛才和村長說的理由，找到了武喬文，他正和同仁喝著茶，巧兒拿著繡框在自己屋裡繡花。

到了以後林滿反倒不著急去找兄妹倆，而是先去和賈氏聊起了天。

林滿算不上稀客，兩家因為經常借租牛車也時常打交道，是以賈氏看見她第一句便是──「滿娘又要租車啦？」

林滿搖搖頭道：「我是來找武兄弟問點事情，先來和嬸子打聲招呼。」

賈氏當然知道自己兒子回來是為了送種子的，這種子是要讓林滿種出來的，也沒多想，道：「他在堂屋裡和他衙門的兄弟喝茶呢，妳過去吧，我給妳也倒杯茶過來，喬文從鎮上特意帶回來的茉莉花茶呢，香得很。」

林滿沒拒絕，笑著道了謝。「謝嬸子了。」

去了堂屋，武喬文很訝異林滿會出現，問道：「林娘子是來找我說事？」

林滿點點頭，坐下後先說了種子已經埋好了，就等發芽，然後猶猶豫豫地看著他，又看了他同仁一眼，一副想說卻不能說的樣子。

武喬文立馬反應過來，這要麼是關於村子，要麼是關於自己的私事，不方便讓別人知道。

他同仁反應也快，站起身找了個理由。「我去趟茅房。」

等同仁出去以後，武喬文便道：「林娘子有什麼話要說？」

林滿先道：「沒幾天鎮上的李員外便要給女兒辦及笄酒了吧？還請了鎮上所有的青年才子？」

「是有這麼回事，可是有什麼問題？」

她吸口氣，直接道：「有件事我覺得應該要告知你們，若是嫌我多管閒事就當沒說過。上次我去了趟鎮上待了兩天，恰巧在街上看見李家小姐，她身後跟著眾多青年男子……」

緩了一口氣，她才繼續道：「我碰見他們兩次，范齊林都在其中……其實這件事是我嘴碎了，但巧兒和你父母都是頂頂好的人，若是我誤會了，你便當我沒提過吧。」

林滿說到這裡就住了嘴，後面的事，她相信武喬文一定會去打聽清楚，有誤會最好，若是范齊林真有了異心，武家也能早做準備。

但畢竟是第一次在背後道別人長短，林滿確實是有些尷尬。「是我多管閒事了。」

「不。」武喬文的神色冷了下來，眼裡面隱隱約約有些怒火，但很好地壓了下去。他起身對林滿做了一揖道：「不瞞林娘子，我在鎮上也聽過一些風聲，但到底沒有眼見為實不信的，這事我會去好好查清楚，多謝林娘子告知。」

林滿不敢受他的禮，在他作揖時便已經起身躲開了。

「我來找你就想說這件事，只要沒有給你們添麻煩便好，畢竟婚姻大事不是兒戲。」

賈氏此刻端了茉莉茶進來，聞言突然道：「滿娘說得對，妳替我勸勸喬文，翻年就該吃二十二歲的飯了，妹子都要成親了，他卻連個影子都沒有，這家姑娘不喜歡、那家姑娘看不上，村裡面和他差不多歲數的都當爹了！」

林滿知道賈氏怕是只聽到了最後一句想岔了，但她沒有解釋，也沒接話，象徵地喝了口茶，告辭後速速離開了。

從古至今，只要談到兒女的婚姻大事，特別像武喬文這種在古代已經算大齡剩男的，都逃不過一頓來自親娘的問候，她一個外人，還是不要摻和得好。

第三十八章

林滿溜得早，自然也就沒能聽到武家母子後面的談話。

賈氏有這麼一個兒子還是很驕傲的，長得俊俏不說，人也能幹，有一份穩妥的活，還是吃官飯的，自從武喬文成了官差，家中的門檻都被媒婆磨掉了一層，左看右看都不是娶不到媳婦的人。

但現實偏偏就這麼離奇，翻了年她兒就該二十二了，現下連媒婆都不來了，當年婉拒得太多，都說她家武喬文不好說親。

前兩年還覺得他年輕，拖一、兩年也不是個事。但賈氏已經十分後悔，就不該由著他的性子來，就算找了媒婆去說親，人家女方一聽這麼好的條件都沒成親，自己心裡便先想了無數理由，這男方說不定有什麼隱疾呢，不然能拖到現在？

再說前幾年吧，當時的賈氏十分屬意景福卿，那丫頭長得好看又勤快，特別是那一手好繡活簡直十分對自己胃口。賈氏又沒有李氏那樣的眼高於頂，覺得娶個門當戶對，漂亮能幹的媳婦就好，景福卿簡直就是不二人選。

那時候還想著男婚女嫁，也得兩人願意才行，結親是結兩姓之好，別成了怨偶，她便問了兒子的意思，結果這傢伙就是個鋸了嘴的葫蘆，不說行，也不說不行，就這樣拖了一段時間，最後還是她怕被人捷足先登，自個兒先去問了景家的意思，沒承想，卻已經是晚了，景福卿和大蒼村的李家連八字都合了。

當時賈氏那個氣和悔哦，回到家便是一陣肉疼，心中忍不住將自己怪了一通，這看好的人啊就得先下手為強，拖拖拉拉的，結果就沒了。

賈氏問自家兒子。「你在鎮上有沒有看上的姑娘？若真是有別瞞著，到時候想想辦法，給你們在鎮上置個房子。」

在村中修個房子都得四、五十兩，鎮子上置個像樣的房子怎麼也得百兩，自家什麼條件，武喬文心裡當然有數，先不說他本就沒有在鎮上安家的想法，就算有，也是不能給父母添負擔的。

「娘想哪兒去了，沒有的事。」

賈氏急了，恨不得一巴掌拍在他頭上，又捨不得下手，在原地不斷來回跺腳，狠心道：「你翻年就二十二，歲數不小了，等過完年我就找花媒婆給你相看，你定不下來，當娘的幫你定！」

武喬文頭疼得捏了捏眼角，爹娘為他辛苦了一輩子，不想與他們爭吵，便轉移話題道：「與其擔心我，還不如擔心妹妹吧。」

「你妹妹有什麼好擔心的？明年下半年就要成親了，難道還能有變？」

賈氏本來就是隨口一說，說完後突然意識到不對，范齊林一直在鎮上讀書，武喬文也在鎮上當差，莫不是發現了什麼問題？

她心下一凜，還未來得及開口詢問，武喬文那位同仁就進了屋，賈氏只好閉緊嘴巴，準備找個沒人的時候再細說。

武喬文看自家娘轉身去了廚房，暗中鬆了一口氣。

那位同仁見武喬文這樣，心中有數，調笑道：「又被你娘說教了？」

武喬文看了同仁一眼，回了一個無奈的笑。

同仁在他旁邊坐下，悄聲道：「你心儀的那個娘子不是你們村的嗎？讓你娘直接提親啊，這麼拖拖拉拉的，小心又被人搶走了。」

武喬文神色一緊，面上一絲笑意也無。「莫要胡說，毀了人家名聲。」

同仁哈哈一笑，眼中滿是得意道：「嘿，果然是心儀的啊？」

武喬文知道自己這是被詐了，也不生氣，面容帶了些酸楚與無助，自言自語道：「再等等吧……」

他下意識摸了摸腰間的荷包，眼底有絲落寞，那裡面裝了一顆修好了的珍珠耳墜子，無人時經常會拿出來把玩，只怕連原主人都忘了這樣東西了。

酒足飯飽之後，賈氏拉著兒子到房裡，本想詳細問問女兒的事，但武喬文卻不說，只道自己也是在鎮上道聽塗說，還未探明真假，等他查明了再說。

賈氏聽這意思，范齊林莫不是有悔婚的意思？當下心中一涼，恨不得衝到李氏那裡去問個清清楚楚。

好在武喬文攔住了她，讓她再等等。

兒女婚事乃是人生中頂頂的大事，兒子的婚事沒著落，女兒的婚事又恐有變，賈氏只覺腦袋一陣陣發暈，不知道自己是沖犯了哪路神仙，流年不利，流年不利啊！

等賈氏緩過來，也顧不得自個兒是個什麼情緒，催促兒子趕緊回鎮上，好好打探事情原委，只求是虛驚一場才好。

武大叔已經駕來牛車，等兒子與同仁上了車，便向村外駛去。

此刻天色已經完全黑了下來，小蒼村寧靜祥和，遠處的山脈影影綽綽，看不真切。再往前行駛了一段路程，忽見前方走來一人，身形窈窕。

還待細看，就聽見武大叔與那人打了招呼。「是福娘啊，這是才從滿娘家回去？」

清脆的女聲語調輕鬆，順著輕風傳來，掃過武喬文的耳朵，引發一陣異樣感。

「是呢，剛剛與滿娘說了點事，大叔是送武大哥兩位官差回去？」

「可不是，喬文畢竟是回村裡辦差事，辦完了還得回鎮上交差，自然留宿不得，不然也不用這樣冒黑回去。」

「原來如此。」暗影中女子點點頭，頭上素釵的小墜子隨著她的動作一晃一晃的，聽她繼續道：「那路上得小心點了。」

「這黑燈瞎火的，妳一個婦道人家還是趕緊回去吧。」武大叔說完這句話正準備駕車繼續走，卻感覺牛車微微一顫，回頭一看，武喬文已經下了車。

天色太黑，實在看不清他的神情，卻聽他道：「爹，等我一會兒，我將景娘子送回去就來。」

這也不耽擱什麼事，雖說是在村中，但景福卿到底獨自一人不安全，武大叔也沒多想，點點頭就應了。

景福卿倒不好意思受這份情，還來不及拒絕就聽到武喬文開了口。「走吧。」

女子應了聲，走在前面，武喬文跟在後頭。

兩人一路無話，景福卿實在是不知道說什麼，晚上她去找了滿娘聊了會兒天，知道這種子是武喬文費了好大工夫才弄來的，想了想，還是開了口道出了心中的謝意。「武大哥為村子費心了，託了你的福，現在大家都有了盼頭。」

武喬文手心出了細細的汗，捏著腰間的荷包，應了一聲。「不礙事。」

過了一會兒，他突然問道：「妳現在過得可好？」聲音乾啞，似乎說得艱難。

景福卿愣了一瞬，停下腳步回頭看向他。武喬文的身量很高，她要半抬頭才能與他對視，明明那麼暗的天色，她卻能感覺到他眼神亮得嚇人。

「我很好。」下意識，她回答了。

「那就好。」武喬文低頭與她對視，又突然低聲道：「對不起……」

景福卿是真的不明白了，滿眼的疑惑。「武大哥？」

她心臟怦怦跳著，好像有什麼遺忘了的事情，要從記憶裡復甦起來，很陌生的感覺。

那迷茫的神情，武喬文只須看一眼就知道，她忘記了……

武喬文小時候並不是現在這樣的穩重能幹，他和其他小孩一樣，老是光著腳到處跑，無所顧忌，然後回家挨一頓飽打。

景家的到來成為了村子裡最大的新鮮事，他當然也要跑去看新鮮，那個五歲的小丫頭，怯生生地看著所有人，滴溜溜的眼睛看見他時，露出小心翼翼的笑，讓人心中情不自禁升起一股想要欺負她的慾望。

而後他成天往那家跑，也不爬樹摸魚了，就去找景家的小丫頭玩，明明滿腦子都想欺負她，見了人卻又下不去手，小丫頭軟軟地叫自己武大哥，甜得像塊小酥糖。

小丫頭會讀書認字，還能繡好看的花草，她將自己喜愛的帕子和書籍搬出來和他分享，儼然把他當成了最好的朋友，可惜他不認得字，小丫頭拿著小棍子在沙土上一筆一劃的教他，先是教了「武喬文」，然後又教了「景福卿」。

他本以為兩人會一直這麼下去，直到年紀漸長，她十二歲的時候，她娘便拘著她不大讓她出門了，他跑回去問他娘為什麼不能一起玩，他娘當時如是說：「傻孩子，人家姑娘馬上就要及笄說親了，哪還能跟你一起瘋？」

當時他已經十五了，對男女之事也有些了解，這才猛然反應過來，他們已經長大了，他以後會娶親，她也要嫁人，再也不能那般親密地說話了。

他捨不得，小酥糖怎麼能和別人親密呢？她要是嫁給自己，不就行了？

於是他悄悄地跑去了景家，十二歲的景福卿模樣已經長開了許多，儼然是村中最漂亮的小姑娘，只要等到及笄，不曉得有多少人會踏破她家的門檻。

少女見到他，很是驚訝，兩人那時已經見面不多，她也有了大女孩的矜持，不會再像小時那般見到面就宛如蝴蝶般撲向自己，而是端端正正地坐在桌前，那上面擺著一只壞掉的珍珠耳墜子，看著自己的眼神清澈又純粹。

他開門見山，直直問道：「福娘以後想嫁什麼樣的人？」

少女面龐微紅，憧憬道：「將軍吧，我舅舅就是將軍，厲害著呢。」

他知道他們是京中落魄的大戶人家，並不奇怪她舅舅有多厲害。他點點頭，眼神堅定，承諾道：「那妳得等我，等我成了將軍就來娶妳。」

少女噗哧笑出聲，微微歪著頭看著他，眼裡沒有嘲笑，只有滿滿的鼓勵。「那你加油呀。」

他伸手拿過桌子上的珍珠耳墜，慎重道：「免得妳家裡反悔，這個給我做信物。」

少女不同意，但又搶不過他，只能隨了他去，但還是有些生氣道：「那個是壞的，等你修好了再說吧。」

「行，我會修好的，等我成了將軍，就拿著這個來提親。」

十五歲的少年信誓旦旦，十二歲的少女卻未當真。

娘來找他說親事的時候他已不小，但那時自己還沒成為將軍，不敢應，等等吧，再等等就好了。

他等得，少女等不得，再聽見她名字時，卻已是他人妻。

第三十九章

武喬文盯著眼前女子的婦人髮髻，若是他當初沒有那般拖延，她又怎會嫁錯了人，誤了終身。

景福卿記得小時候和武喬文很是玩得來，只是年歲大了以後不再方便，關係便也漸漸疏遠起來，她不知道武喬文這聲道歉是何緣由。

「武大哥，你在說什麼？」

武喬文神色複雜，那聲「再等等吧」又在腦海中響起。

初知她已訂親時，他愣怔了許久，一個人在房中坐了整整一天，恍若夢境。娘是去替他提親，他雖沒開口，卻是抱了希望的，最後希望卻變成冷水澆在頭上，冷得刺骨。

後來他無心再娶親，以差事繁忙拒了一家又一家。

等等吧，時間是最好的良藥，等他緩過來就好了。

卻不想，這一等，居然等到了她和離，天知道，那天自家爹跑到鎮上來說景家女兒因為和離的事情被陳家鬧上門的時候，他什麼心情。

當時他什麼也沒抓住，只記得那句——景家女兒和離了。當下手頭的差事都顧不上了，拉上同仁飛快地趕回了村裡。

思緒轉回來，武喬文心中還殘留著那時錯過後的悔意，堵得胸口快要窒息。

不等了吧，人生沒有這樣幸運的第二次。

他伸手拿下腰間的荷包，將裡面的耳墜子抓在手中，而後拿到她的眼前，低聲道：

「對不起，我沒能成為將軍……」

景福卿盯著那雙大手中的耳墜子，雪白的珍珠在暗夜中散發出微弱的光芒，那段並未上心的記憶一下湧上腦海，如海邊激浪撲面而來，差點站不穩腳，她不禁摀住了嘴害怕自己叫出聲，不敢置信地看著他。

年少時的戲言並未當真，那段記憶也早已淹沒在生活的雜亂之中，她不想，竟然還有人記得。

武喬文知道她已經想了起來，整個人一下變得緊繃，等待著她的回答。

景福卿此刻的腦海是混亂的，一直以為平平淡淡的人生，卻突然有人告知妳，已經等候妳多時，讓她不知所措。

但她知道，自己應不得。且不說自己已經是嫁過人的，還帶著孩子，武喬文現在風華正茂，雖說他比自己大了三歲，可到底沒有成親，他配得上更好的女兒家，而不是栽在自己手裡。

她很快冷靜下來，心跳依舊狂亂，好在能平靜地說出話。「武大哥……福娘謝過你，那不過是兒時的戲言，你忘了吧。」

關於以前訂親的事情，她也聽過一些風聲，以為不過是有人亂傳而已，並未在意，現在武喬文這舉動，讓她生疑，但她也只是想想而已，畢竟情況已經如此，改變不了什麼。

武喬文喉嚨發緊，眼角酸澀，他知道沒這麼順利，他勸慰自己，就當今天是來試探她的態度，福娘是和離過的人，沒那麼快敞開心扉的。

他將珍珠耳墜子收起來，乾巴巴道：「墜子已經修好了，妳若想要，隨時來找我。」

景福卿握緊雙手，往後退了一步，卻道：「不要了，你扔了吧。」頓了下又道：「謝謝你送我，就到這裡吧，我回去了。」

說完，頭也不回地急急走了，只留武喬文一人盯著她背影發呆。

林滿最近覺著景福卿很不對勁，時常走神兒，有時候和她說上半天話，她卻迷茫地看著妳，呆呆地啊一聲，完全不知別人說了什麼。

她有些擔憂，悄悄找了福娘，想和她說說體己話，但福娘卻只搖頭，說沒有事。

她不願意說，林滿不好繼續追著問，只能找景賦生，讓他對福娘上點心。妹妹的樣子景賦生當然注意到了，只道：「福娘要是願意說，自然會說的。」如此，林滿也不好再繼續管下去，況且她現在也忙。

地裡的地瓜、馬鈴薯已經長了出來，兩樣東西都花了整整兩天時間，今天要將地瓜發出來的藤剪下來，再種回地裡，這樣地瓜的收穫才多。

村中的人們還是第一次見這樣種的莊稼，眼看苗都長出來那麼長一截，又要剪成一段一段的，再栽回去，根都沒有，這樣地瓜能活？

村長把村裡的人都叫過來，讓他們每家派個人去河邊靈地裡學習，過不了多久就該輪到他們自個兒種了，免得到時候失敗。

河邊的地已經將蔬菜都收完了，昨兒就用牛將地耕好，今天只需要種就行了。林滿算了下，地瓜比馬鈴薯熟得慢，所以劃了五畝出來種地瓜，剩下的除了自己刨開的那一畝辣椒地，就拿來種馬鈴薯。

剩下的活兒不難，只是教大家如何收剪地瓜藤就行。

忙完了地裡的活兒，林滿又去河對面看了修的路，路已經要打通了，這幾天老天爺果然給力，沒有下雨，她不禁鬆了一口氣。

明兒個還要去鎮上給景賦生看病，林滿泡的那幾罈辣椒醬也差不多了，下午還要帶到集上去找郝掌櫃談接下來的合作，一天到晚沒個休息的時候，這幾天連平平都是待在景家，由景大娘照顧著。

這次辣椒醬林滿只是試水溫，如果郝掌櫃願意跟她合作，她能省很多事情，如果不願意，她就只有重新規劃，只不過又要累許多。

到了集上，林滿便抱著一罈辣椒醬去了天香樓，迎客的店小二與她早就相熟，一見她來了便趕忙迎了過來，擺出一張爽朗的小臉。「林娘子來了，掌櫃的在後面呢，我帶妳去。」

兩人去了廚房，見郝掌櫃正在屋裡點菜，眉頭皺得緊緊的。

「掌櫃的這是怎麼了？」

聽到相熟的聲音，郝掌櫃轉頭一看果然是林滿，無奈道：「林娘子，妳這菜什麼時候才能又種上？我這庫存已經不多了。」

林滿笑道：「掌櫃的怕是還要等幾日了，今天我找你，是來跟你談上次的合作。」

郝掌櫃見她懷中抱了個罈子，來了興趣。「那我們出去說。」

林滿卻搖搖頭道：「不用，我恰好要借掌櫃的廚房一用。」

郝掌櫃不知道她賣的什麼關子，但用個廚房也不是什麼了不得的事情，便應了下來，並且廚房的人隨便她差遣，需要幫忙就直說。

林滿也沒有客氣，讓廚房的人隨便洗乾淨幾樣菜，就像她燒烤攤上那般串起來。

「林娘子，妳要做燒烤？那我們今天不是有口福了？」

林滿卻搖搖頭。「不是呢，給你們做另一樣好吃的。」

林滿要做的，就是前世所做的串串生意，天香樓的後廚自然是什麼都不缺，林滿的底料很快便做好了，紅通通一片，雖說有些嗆鼻但又散發著誘人的香味，令廚房裡的人不禁好奇地睜大了雙眼。

郝掌櫃道：「林娘子，妳這是要煮火鍋？」

畢竟是天香樓的掌櫃，火鍋這些辣食他自然是知道的，雖然這個在小蒼村和梨花鎮不流行，但也不是沒吃過。

林滿又搖了搖頭，將先前串好的肉品、蔬菜下到鍋裡，不時翻轉和勻，燙好了便放入洗淨的碗中，一邊端到廚房的桌子上一邊道：「這個叫串串，和火鍋有些像，但吃著的滋味是不一樣的。」

說完她讓廚房的人別急著吃，揭開自己帶過來的罈子，用大勺在裡面舀了一勺辣椒醬倒在小碗裡。

「串串蘸著這個辣椒醬吃，吃完了說說你們的感受。」

廚房的人大眼瞪小眼，串串在他們這裡確實是沒有見過的菜食，但是也不是什麼獨到的秘方，若真是，林娘子會在他們面前露這一手？還有這碗辣椒醬，不就是普通的辣椒醬嗎？有什麼好說的？

郝掌櫃率先動手，先吃了一根串串，味道確實好，底料的香味和鹽辣味都融入了菜裡，他又拿了一根沾了辣椒醬，一入口，便變了臉色。

串串本來就是極好的味道，這辣椒醬也不知道是如何做出來的，比普通辣椒要辣許多，但其中又摻雜了一股甜味，還有果香，入口既辣又清爽，讓人欲罷不能。

郝掌櫃吃完就知道，林滿果然是有底氣來與他談的，直接開口道：「林娘子想如何合作，說說吧。」

第四十章

合作的事當然不能在廚房說，郝掌櫃請她去二樓包廂詳談。

林滿想得很簡單，將串串的生意點子送給郝掌櫃，她從中分成，辣椒醬是她的獨門秘方，別的地方也沒有，郝掌櫃願意合作，辣椒醬自然能用成本價拿貨。

郝掌櫃做了多年生意，知道沒有天上掉餡餅這樣的好事情。「林娘子開出的條件十分優渥，這分成怕是要不少吧？」

林滿笑道：「郝掌櫃不愧是生意人，實不相瞞，我如此做是為了省時省力，畢竟你也知道，我那塊地在村子裡面又挪不走，不然自己大可以去開個酒樓的。郝掌櫃與我也合作了這麼久，對彼此都有了解，你要去鎮上開新酒樓，我便想借這個順風車。」

郝掌櫃坐在對面，不敢接話。

他是個生意人，林滿也是個生意人，總不會讓自己吃虧。誠如她所說，這個生意自己要是不願意做，她還能去找別人，就算自己開個酒樓也是使得的，只不過要費心費力一段時間，林滿是想搭他這趟順風車，那他何不也借這股東風在鎮上站穩腳跟呢？

串串的香辣味在口中還未散去，這道吃食確實容易模仿，林滿敢當著自家廚子的面做這道吃食，自然也是想到這點，只要願意琢磨，這不是弄不出來的，她的秘訣是在那道辣椒醬，目前想來也找不出竅門。

郝掌櫃心中瞬間有了答案，不過還是沒有立馬應下。「林娘子先說說妳的條件吧，我是小本生意，若是漫天要價，還是受不住的。」

林滿臉上笑意不減，反而還深了幾分，朝他比了一個五。

郝掌櫃倒吸一口氣，瞳孔都變大了幾分，音量也不自覺拔高，顫抖道：「妳要五五分成？」

這可真是……黑得不能再黑了！

她的菜品味道好是不假，但他開個酒樓成本也不低，林滿一分成本不出就想分一半利潤走，他還在她那裡拿菜和辣椒醬，簡直……就是自己倒貼錢養她啊！

林滿見郝掌櫃變了臉色，忙道：「掌櫃不要急，我話還沒有說完呢，如果你願意和我合作，菜錢我就不收了，畢竟一起做生意沒得讓你倒貼錢的，但是辣椒醬成本價必須要，而且這辣椒醬並不是只供你一家，我還要拉出去賣的，這些提前要與你說好。」

郝掌櫃已經聽不下去了，擺擺手道：「林娘子，這生意我是想和妳好好合作，但妳開的這個價位實在太高了，菜錢雖然不收，但鎮上的酒樓一個月租金多少？人力多少？這些妳都沒有算過，妳三我七倒是可以，五五就算了。」

林滿沒有氣餒，繼續道：「鎮上的租金我已經打聽過了，確實不便宜，掌櫃有所擔心也有道理，這樣吧，我們先按正常價位來合作，辣椒醬我是準備賣一兩銀子一罈，一罈約莫有五斤，一碟辣椒醬多少錢掌櫃的自己去訂，菜錢還是按照現在我給你的訂價來，不如你現在就在天香樓試賣三天，如果覺得還行，再來和我說五五分成如何？」

郝掌櫃聽完沈思了一會兒，點點頭道：「這樣也行，不過妳那串串方子……」

林滿歪著頭，狡黠一笑。「既然現在是正常生意，我的方子自然是不能給你的，不過我已經當著你廚子的面做過一次，你可以讓他自己試做底料，至於味道如何嘛，我可就管不著了。」

郝掌櫃一噎，林滿說得合情合理，兩人還不算合作夥伴，確實沒有直接把方子寫好交給他的道理，但他鎮上的酒樓已經看好了位置，租金也交了，現在正在整修，本想著還是做現在這生意，但林滿今天一來，他的想法便變了。

鎮上雖不比縣裡，但也算繁華，味道不差的酒樓自然比比皆是，他若是想要獨樹一幟，林滿給的點子十分好，現下得抓緊時間讓廚子把底料研究出來，時間不多了。

林滿自然也是算好了的，底料不難，但掌握好比例，特別是還要分成微、中、特辣幾等，若是沒有人直接教，自己琢磨也得花費些時候，所以她只給郝掌櫃三天試賣時間，初期的味道還沒有研究透澈，可以說只能靠著辣椒醬撐，要是等後面他們味道研究好了，不是談不下來，只是不如開頭順暢罷了。

兩人各有各的心思，林滿話已經說完，剩下的辣椒醬她沒有帶走，本想當送與郝掌櫃的禮物，但郝掌櫃堅持給了一兩銀子，著意不讓她吃虧。

林滿知道這是郝掌櫃對她的點子抱有希望，要是後面成了，有更大的利潤在等著，何必貪眼前這點小便宜，於是她便也不客氣，收下了那一兩銀子，回頭買些糕點給景大娘家提去，這幾日平平沒少麻煩他們。

臨走時她又去秦包子和來福小炒館那裡轉了轉，現在集上其他商鋪也在她這裡拿菜，兩家生意自然受了些影響，好在客源穩定，收入也算可觀。

來福小炒館的喬大叔問她。「聽說你們村在翻修女神廟？還要在那兒擺攤？」

林滿倒不奇怪他為什麼知道，回道：「是呢，喬大叔有想法？」

喬大叔道：「有是有，不過妳也知道我是小本生意，那女神廟以後香火能不能旺盛還不好說，不敢去冒那個險。」

瞧他這模樣是糾結著呢，想要去占個地，又怕虧了本不敢下手，林滿是小蒼村本地人，說不定能給他出個主意呢。

不過生意上的事林滿從來不敢打包票，想了想道：「喬大叔，不瞞你說，那女神廟是我請人翻修的，原因嘛⋯⋯」她左右瞅了瞅，見沒人看這邊，故作神秘道：「我那靈地就是女神娘娘顯靈呢！」

喬大叔嚇了一跳，外人說這事他可能不信，但林滿本人說的話，可就大大不一樣了！頓時他心中就有了希望，激動道：「那、那攤位還有？」

「攤位是村長在管這事，喬大叔要是有空不如來我們村子問問。」

喬大叔說等他媳婦回來了，兩人商量好了再去。

林滿點點頭，她承認自己是故意這麼說的，相信不多久這消息應該會整個集上都傳遍，村長那裡就要熱鬧一番了。

到時候說不定還有其他地方的人來做生意，如果能把女神廟發展成旅遊景點，名聲傳到更遠的地方去，來的人多了，村子裡有另一番景象也不是沒有可能的。

今天要去梨花鎮，林滿幾人又是早早起床，忍著寒冷上路，到達梨花鎮還能趕著吃口早飯。

白氏醫館門口早早就有人等著，景賦生在一群人的怒目下堂而皇之地跨步走進去，藥僮一見是他來了，連忙引到樓上去。

「我師父早上還在唸叨您今天該來了，沒承想這麼快，後廚準備了一些清淡的吃食，公子可有吃過飯？」

「吃過了，白大夫要是得空的話，現在便可以治療了。」

林滿聽著兩人之間的談話，沒有跟上去，今天上鎮的時候就感覺熱鬧非常，算一算，那李員外的愛女該是今日及笄了，上次與武喬文說完，也不知道他查了沒有。

這件事她是不用操心的，她現在更關心的是賣菜生意，想去興福樓探一探。

她看著緊張等待著的景家母女，對她們道：「我要出去轉轉，景大娘和福娘去不去？」

景大娘道：「我就不去了，妳帶福娘出去轉轉吧，上次來了也沒有出去看看，這外面的熱鬧她也許久沒有看過了。」

景福卿搖搖頭，神色有些憔悴，似乎睡得不大好，聞言搖了搖頭道：「滿娘，妳去吧，我陪娘等著。」

林滿未開口，就聽景大娘勸女兒。「這裡沒什麼好待的，出去和滿娘玩一會兒吧。」

景福卿看見娘眼中的憂色，知道自己這幾日的失態全家都是看在眼中的，娘是希望她能出去散散心，她便無奈地點頭應下。

兩姊妹出了門，林滿抱著平平，景福卿抱著雙兒，並肩走在鎮上，小鎮比來時還熱鬧了幾分，商鋪都已經開張，擺設著精巧實用的商品。

「福娘可有想買的東西？」

見她搖頭，林滿又道：「那去賺錢去不去？」

說到賺錢，景福卿倒來了幾分精神，憔悴的神色有了些微的光，問道：「妳又有什麼點子了？」

林滿帶她往興福樓走去，嘿嘿一笑。「來看著吧。」

興福樓離醫館不算很遠，兩人沒有走多久便到了目的地，酒樓已經開始營業，不斷有客人上門，兩人剛一踏進店內，便有熱情的小二迎了上來。

「兩位客官裡面請，要吃點什麼？咱店湯麵餃子炒菜米飯一應俱全！」

林滿笑道：「麻煩小二哥了，我們想尋一下您們掌櫃的，問他有生意要不要做？」

小二愣了一下，方才的熱情勁一下散了，但很快反應過來，又重新擺上笑臉，尋了個角落的位置讓她們坐著，還上了一壺茶。

「兩位娘子稍等，我去知會一下掌櫃的。」

景福卿看著小二的背影，有些咋舌道：「這興福樓不愧能把生意做到這麼大，看看這待人接物的態度，許多酒樓都比不上，就說說以前在京城時，只要有點名氣的酒樓哪個不是眼高於頂？還能客氣地待我們兩個啥都不吃的？」

這點林滿甚是同意，點點頭道：「態度好，客人心情也舒暢，我以前就見過一個酒樓，無論男女老少去那裡吃飯，都把客人放在第一位，只要要求不過分，都能滿足你，雖然價格是貴了點，但是許多人十分享受這樣的服務，趕著去呢。」

林滿說的是上輩子某家著名火鍋店，她也曾慕名去吃過，說實話，味道不是頂尖的，價格也有些貴，但是他們一大家子去那裡吃得確實舒心，腦子裡面想什麼，服務生就跟有心電感應似的，立馬就為你做好了。

景福卿聽完忍不住道：「看樣子，這興福樓能這樣發展也不錯？」

這林滿倒是不敢肯定，她分析道：「不清楚呢，畢竟鎮上有些人家是有僕從的，天天都是享受這般待遇，興福樓這樣的並不算新鮮，不過若是普通老百姓，說不定可以，畢竟鎮上比村中要強不少，多花幾個錢也是花得起的。」

景福卿還在想她的話，就見小二跟在一個中年男子身後過來了。

那男子面相約莫四十來歲，兩鬢卻已經有些發白，眼角也有了皺紋，帶著些悽苦，但見著兩人還是揚起了笑容道：「富貴說兩位有生意想和我談？」

三人互相介紹了自己，這個中年男子姓木，正是興福樓的掌櫃。

林滿先尊稱一聲木掌櫃，而後直接開口道：「我是小蒼村來的，家中有一塊好地，種出來的菜與眾不同，現在小蒼村的集上全是在我那裡拿的菜，不知道木掌櫃可有聽說過？若是沒有也無妨，我這裡正好帶了一些，可以給你先嚐嚐。」

木掌櫃想了一會兒，總覺得這事似乎有點耳熟，倒是那小二先想起來，附在他耳邊耳語了幾句。

不知道小二說了些什麼，林滿只見木掌櫃聽完後雙眼便亮了起來，問道：「李員外愛女的及笄酒席便是從小蒼村集上找的酒樓，可就是從妳家拿的菜？」

林滿點點頭道：「正是。」

木掌櫃先是嘆了口氣，而後又笑道：「聽說小蒼村有一塊靈地，鎮上也是討論了一陣的，但是專程花幾個時辰跑去看的人到底沒有，有些人總覺得是誇大之詞。不瞞妳說，先前我也是不信，李員外愛女的及笄酒席本是在我們這兒預訂的，結果突然換了地方，我便在猜疑，卻沒承想今天倒是見到靈地的主人了。」

林滿有些不好意思道：「我不過是運氣好，受了女神娘娘眷顧，才僥倖和福娘得了這麼一塊地，掌櫃的既然聽說過便知道我話不假，不如我現在就去把菜拿來給你看看？」

見木掌櫃應允，林滿便用拿菜的藉口躲進了一個無人的巷子，而後進入空間將早準備好的菜挪了一筐出來，再拿回興福樓裡。

木掌櫃看了眼菜色，果然比平常的菜要喜人得多，讓小二拿進廚房，當場讓廚子炒了一道出來，嚐了味就豎起大拇指，問林滿打算怎麼合作。

林滿報出了心中的價格，按照集上價格的兩倍來算，但實際比鎮上的價格也沒高出多少，木掌櫃也沒猶豫，當場就寫了契約，訂了下次的菜。

這麼爽快的生意林滿當然開心不已，盯著木掌櫃的臉便多說了一句。「掌櫃的年紀不大，什麼事卻愁得你白了頭？」

木掌櫃嘆氣道：「不瞞林娘子，鎮上的人看著我與福樓是鎮上第一酒樓，實則上次不符合李員外心意後，被人落井下石使了些絆子，生意早就一天不如一天，我也知道興久必衰，現在正在想新鮮法子呢，所以小二說有人要來找我做生意，便抱著希望出來看一眼。」

林滿這才明白為何這生意談得如此之順，心中靈機一動，對他道：「我這邊倒是有個想法想與掌櫃的說說。」

「哦？林娘子但說無妨。」

「方才進門的時候，我與福娘都感嘆木掌櫃教導有方，就算我倆不是來吃東西的，小二哥也待我們親切，你做這個生意也知道，有名氣的店哪個不是眼高於頂？就算掌櫃的不說，那跑堂的小二也是不自覺帶著一股子傲氣，不如掌櫃的從店裡手下的態度試試，若是待每個客人都客氣有禮，就算價格貴點，想必還是有不少人願意來的。」

木掌櫃略一思考就知道了林滿的意思，說白了就是賣個服務費，梨花鎮高門大戶不多，但不用僕人的富裕人家也不算少，這個點子倒是值得一試。
木掌櫃謝過林滿的主意，恰巧兩人此時也該告辭，他便親自送兩人出門。
景福卿走遠了還在疑惑。「妳那點子行嗎？」
林滿道：「行不行，也得試試才知道啊。」
話雖這麼說，但讓林滿在意的是另一件事，與福樓在梨花鎮到底算得上第一樓，只因不合李員外胃口便有人為討好來欺負人，這李員外背後是釧縣縣令，那位縣令，怕是有些不得了啊。
「福娘！」
背後突然傳來一聲男子的呼喊，林滿只覺這聲音有些耳熟，同時她也察覺到身旁的福娘身子僵了一瞬，轉頭一看，竟然是武喬文。
他應當是和同仁在巡街，見了兩人便來打招呼。
景福卿轉過身子，低著頭，不敢與武喬文對視，吶吶喊了一聲。「武大哥。」
武喬文笑了笑，俊俏的臉龐在陽光下熠熠生輝，目光一瞬也不瞬地盯著眼前的人。同仁中有上次去武喬文家裡的那人，他心中瞬間明瞭。「那武兄弟你和老鄉聊，我們先往前去。」一說完便扯著身旁另幾人走了。
林滿此時心中一咯噔，瞪著兩人有些不敢置信，但知道自己在這裡妨礙兩人說話，便對景福卿道：「我有東西落在木掌櫃那兒了，我回去取，妳在這裡等我。」

景福卿輕輕道了一聲好。

林滿與武喬文打了招呼，便轉身向興福樓走去，在兩人不注意時，躲了起來，臉上不顯情緒，心中卻是怦怦直跳，福娘這幾日的不對勁她總算知曉了原因。

武喬文與景福卿並未說許久話，彷彿只聊了些家常，但林滿還是看出了福娘在緊張，抱著雙兒有些不知所措。

看著武喬文要走時，林滿走了出來，武喬文見到她，面色嚴肅起來，突然抱拳道：「上次的事多謝林娘子告知，麻煩林娘子回去後就找我爹娘，讓他們有個準備，我也會盡快回去。」

林滿剛平復的心跳又跳了起來，武喬文這話不用再做他想，范齊林果然是有問題的。

景福卿不知道兩人說些什麼，但又不好問出口，武喬文臨走時叮囑她保重身體，她都應得底氣不足。

林滿現在滿腦子各種混亂，一方是福娘與武喬文，一方是武大叔家的巧兒與范齊林，她順了好一會兒才順回來。

兩人沈默地回到醫館，景大娘見她們出去了一趟臉色反而不對，面色染了些憂心。

景賦生治療得很順利，一行人各帶心思吃了午飯，回去之時，牛車路過李員外那座豪華的宅子，院門大敞，似乎怕別人瞧不見屋內的熱鬧光景。

林滿仔細看著，隱約能看見李員外身旁站著一俊秀男子，另一旁，是見過兩次面的華貴女子。

她不禁眉頭緊鎖，也不知道武大叔一家會如何處理這樣的事情。

第四十一章

回去的路上，景大娘還是忍不住心中的擔憂，還沒有開口說話，就被自家兒子搶了先。

「妳們兩人是碰見什麼事情了？」

林滿抬眼看向說話的人，景賦生眼中隱含擔憂，她不想讓他擔心，但是福娘和武家的事情又不能說出來，實在為難。

但意外地，她卻聽景福卿開了口。

「今天在鎮上遇見了武大哥。」

景大娘起先還沒有反應過來武大哥是誰，聽見兒子提了一句武喬文才反應過來，問道：「是出了什麼事情？讓妳帶話？」

林滿觀察著景福卿的神色，見她實在掙扎得厲害，咬著唇想說又不敢說，額頭都出了一層薄汗，實在下不了決心的模樣，無奈嘆了口氣，順勢接過話，說了另一件事。

「是呢，武大叔家的巧兒與范齊林不是說了親嗎？怕是有變呢。」

景大娘趕著牛車，聽見這話皺了眉，問道：「他倆有變？郎才女貌、門當戶對的，整個村子再也找不出這麼般配的人了，能有啥變化？」
景賦生問道：「可是和李員外有關？」
林滿訝異地看著他。「你怎麼知道這件事情？」
「方才回來的時候，我見妳一直看著李家大宅內，便順勢瞧了一眼，看見李員外旁邊那人彷彿是范齊林，但當時沒有看真切，妳這麼一說，我倒是能確定了。」
景大娘聽了，也明白過來幾分，李家大小姐今天及笄大禮，鎮上都在談論這件事，醫館裡面也有人說，她在等兒子的時候聽了幾句，范齊林這是攀了高枝，想要換姻親了。
她心裡對范齊林這做法十分不恥，罵道：「這范齊林也忒不是人了些，滿娘妳來小蒼村來得晚，不知道武家對范齊林有多少幫助，就說邱飲文在鎮上讀書，還不是全家勒緊了褲腰帶才供出來，李氏一個寡婦沒武家幫扶還能讓兒子在鎮上繼續讀？怕是考秀才前一年就餓死了！」
林滿也嘆道：「范齊林考上秀才後，李氏就有些瞧不上武家了，要不是武喬文爭氣做了官差，這親事怕是沒得成，可憐武大叔一家辛辛苦苦，以為給女兒找了個好未來，哪知道卻是養了個白眼狼。」
景福卿這才知道臨走時武喬文對林滿說的那番話竟然是這樣的大事情，不禁有些愣怔。「范齊林好歹有秀才功名，不怕斷了前程嗎？」

景賦生給自家妹妹解釋道：「就是找好了前路，才敢這般做，這是藉著李員外的肩膀，想往縣令那裡踏呢。」

林滿好奇地看著他，雙眼靈動。「這你也知道？真是人不在江湖，盡知江湖事呢。」

景賦生被她感染，身上因為針灸後的那股難受勁也散去了些，嘴角忍不住帶了笑。「到處都在說這李員外的事，自然也就聽了一些。」

「那你覺得武大叔一家會怎麼辦？」

「怕是還要等幾天，現在范齊林在李員外面前風頭正好，武喬文畢竟只是一個官差，強龍難壓地頭蛇，等後面他手裡有了李家和范家通親的把柄，怕是要好好算帳了，這次讓妳們回去帶話，也是要武大叔一家有個準備，免得到時候自己先亂了心神。」

景大娘又嘆。「這賈氏一家，真正是造孽哦，怎麼碰到了這麼狼心狗肺的一家。」

回了村子，林滿到了村口就下了車，她準備直接過去找賈氏一家說，這不是小事，早說早讓他們做準備，只是要麻煩景大娘把平平帶回去。

景福卿猶豫了一下，將雙兒也交給娘親。「我跟著滿娘一起去吧。」

景大娘吃驚地看著她，但想到有事能分散她的注意力，精神能好一些，便也應了。

林滿觀察著景福卿的臉色，見她面色有些沈，不知道是武喬文對她的影響，還是巧兒親事的影響。

她拉起她的手，輕輕拍了拍，算是鼓勵，景福卿微微笑了下，兩人邁開腳去了武家。

恰好武大叔一家全部在家，啞巴叔家的繡兒也沒來，正適合談事情。賈氏正嗑著南瓜子和武大叔聊天，看見林滿兩人很是驚訝，起身問道：「滿娘和福娘怎麼有空來了？」

林滿與景福卿和她打了招呼，林滿正經了神色，對她道：「今天我們去了一趟鎮上，遇見武大哥，他讓我給你們帶幾句話。」

賈氏一聽是兒子有話說，眼睛立馬亮了起來，趕緊招呼兩人過來坐，她去倒茉莉花茶。

景福卿輕聲道：「嬸子別忙活了，還是進屋說吧，是跟巧兒有關的。」

這下賈氏兩口子就迷茫了，下意識地應了句好，請人進了東屋，林滿道：「嬸子，去把巧兒妹妹叫來吧，這事她該知道。」

賈氏心中怦怦直跳，突然有了不好的預感，但還是去叫了自家女兒過來。

武巧兒聽說有事情要找自己，進來東屋時滿臉疑惑，林滿讓她坐好，而後才小心地開口。

「今天鎮上李員外家中開了酒席，是給自家女兒辦及笄酒，宴請了鎮上的青年才俊，看樣子，是要選婿呢。」

賈氏就不明白了，問道：「那跟我們家巧兒有什麼關係？」

話音落，她腦子裡的弦突然繃緊，一個荒謬的猜想浮上心頭，林滿恰巧正好說道：「范齊林也去了。」

此話一出，滿屋俱靜，賈氏和武大叔瞪大著眼睛看著她，武巧兒似乎定住了，瞳孔都放大了幾分，小小的臉龐失了血色，看著讓人心疼。

好半天，賈氏才乾巴巴地開口道：「……那、那也不能說明什麼，邱飲文不也是秀才，說不定是同窗都去了呢。」

林滿搖搖頭，破滅了她心中最後的一絲希望。「邱飲文沒去，這幾日李員外選婿這事鬧得沸沸揚揚的，我上次也去過鎮上，那時剛好看見范齊林跟在李家小姐後面，行為舉止甚為親密，我怕其中有誤會，便不敢與你們說。上次武大哥回來送種子，便提了一句，他在鎮上待得久，又有人脈，要查明容易許多，這次是他直接讓我跟你們說明白，讓你們有個準備。」

賈氏一下跳了起來，轉身就往外衝，口中怒道：「李氏這個殺千刀的，我去找她問個明白！」

「回來！」武大叔眼疾手快一把拉住自己婆娘，他心中雖然已經恨不得把范齊林那小子當場碎屍萬段，但好在還有一絲理智。

「兒子讓滿娘回來打招呼，定是有想法的，妳去鬧什麼鬧？這范齊林攀了高枝為啥沒來找我們直接退親，不就是怕李員外那閨女娶不到手，還有咱們閨女在手？」

林滿也勸道：「武大叔說得對，李員外之女多少人想娶，范齊林也不一定有機會的，萬一那邊沒成，妳這樣一鬧，先吃虧的是巧兒妹妹，到時候李氏倒打一耙，順勢退了親，巧兒的名聲也毀了。」

賈氏癱坐在地，一下哭了出來。「那怎麼辦？讓范齊林那小子這麼欺負我家閨女？他是個什麼玩意兒？還想把我閨女當後手！他哪來那麼大的臉！我呸，不要臉！」

景福卿一直擔憂地看著武巧兒，見她只呆呆地坐著，眼神都是死的，到現在都不說一句話，從袖子中掏出帕子遞給她，蹲在她面前，安慰道：「巧兒妹妹，難受的話就哭吧……」

「他果然是想毀婚了……」武巧兒吶吶出聲，打斷了景福卿未說完的話，她嘴角扯出一絲嘲諷的笑，語氣悲涼。「什麼郎騎竹馬來，繞床弄青梅……他以前經常給我唸叨這句話，說我們是青梅竹馬，感情最是堅定的。妳看，結果還不是見利忘義？」

景福卿停下手上的動作，輕聲道：「雖說人心是最難揣測的，但妳還小，前面定還有更好的人，若妳覺得難受委屈，就罵他一頓，別憋壞自己身體。」

巧兒看著景福卿的眼睛，苦笑道：「景姊姊，妳還相信前面有更好的嗎？那妳還會再嫁人嗎？」

景福卿自己經歷過一段極其失敗的婚姻，她知道巧兒這是問她，她的境遇都已經這樣了，還相信世上有好男人嗎？

「要聽實話嗎？我剛和離時是不信的，妳看我辛辛苦苦為李家做了這麼多事情，換來的不過是肝腸寸斷，但現在，我是相信的。」景福卿點頭如是道，就像她自己也從沒有想到過，自己從未注意過的人竟然等了自己這麼多年。

巧兒的眼淚一下就流了出來，大哭道：「可是我不相信呀，我和他一起長大，他怎麼能這麼對我呢？上次他回村子沒告訴我，我就害怕，但也勸著自己是多想了，明年我們就要成親了呀，我連喜服都要做好了，妳知道我有多盼望時間過得快點嗎？從訂親時就盼著，怎麼說沒就沒了呢？」

景福卿明白，巧兒現在還不懂，她的難受無人能感同身受，景福卿也不會強迫她同意自己的想法。

她把帕子塞進巧兒手裡。「那妳仔細想想，若他有二心，妳嫁給他就真的幸福了嗎？他若是想娶，就算你們成親了，他以後還能納妾，到時候妳便不得不和別人共事一夫，妳確定自己能承受得住？」

武巧兒哭得更凶，猛地搖頭。

這種事情，旁人勸不明白，只能靠自己想通，就怕她鑽進死胡同出不來，最後她道：「現在失去他未必不是好事，現在只是痛苦一時，總比以後痛苦一世要好，是不是？」

「福娘說得對！」賈氏扶著武大叔的手站了起來，她雙眼通紅，相比巧兒的傷心欲絕，眼中恨意更多。「咬牙等著，等妳哥哥回來，他范齊林有心攀高枝，可我女兒也不差，沒了他，我就不信找不到更好的！」

林滿與景福卿話已經帶到，雖然不忍看武大叔一家如此難受，但她們再待下去也確實不合適，寬慰了幾句，便輕手輕腳地走了。

出了武家院子，景福卿還心有戚戚焉，這女人嫁人如第二次出生，她沒有嫁好，便是丟了一次命了，希望武巧兒能想明白，她這是逃過一劫。

她不禁嘆了一口氣，一轉頭突然見林滿朝自己湊近，低聲道：「是不是該說說妳和武喬文怎麼回事？」

第四十二章

景福卿脹紅了臉，低著頭急急走著，輕飄飄留下一句。「有什麼好說……」

林滿道：「就算妳不說，我也知道你倆有問題。」

景福卿臉色更紅，本就養眼的臉龐更添幾分韻味，被林滿這樣調戲，她不禁道：「還是好好想想，妳和我哥的事什麼時候跟娘說吧！」

說完這句話，她便有些後悔。滿娘畢竟是守寡之身，又帶著孝，這樣說實在不妥當，正想道歉，卻見林滿一下笑開來。「不著急，等翻過年吧，妳可以提前叫聲嫂子，練習練習。」

景福卿目瞪口呆，她是早就知道的，滿娘在這方面是與尋常女子不同的，怎麼自個兒還挖坑要跳呢。

她佯怒地戳了戳林滿的臉頰。「還說不急，急死妳得了。」

兩人回了景家，景大娘一見著她倆就問：「賈氏還好吧？」

見兩人搖頭，景大娘又是一陣唏噓。她自己是嫁錯了人，福娘也是嫁錯了人，這下連巧兒都許錯了人，這箇中苦楚，只有身為女人才明白，男人拍拍手就走人，狼心狗肺得很。

想到這兒，她先看了眼滿娘，見她正在和平平說著話，便進了兒子的屋裡，景賦生見娘進來，還沒有來得及打招呼，就聽她道：「滿娘本就不容易，以後你要對她更好些，可別學那些忘恩負義的東西，轉頭就忘了滿娘對咱們的好，你要是敢這樣，我第一個就饒不了你！」

教訓完兒子，景大娘就轉頭走了，留下景賦生一臉愣怔。

真是人在家中坐，鍋從天上來。

林滿不知道未來婆婆已經幫她奠定好了以後家中的地位，她接了平平就回家，冬日天黑得早，還要做晚飯，吃完要早點休息，明兒個還要去地裡忙，通往女神廟的路也該修好了。

第二日林滿先去了村長家，問他來訂攤子的人多不多，村長一聽這話就笑得露出了八顆牙。「多呢，有靈地那塊活招牌，大夥都信著呢，就算不知道做什麼生意的，也先占個位置，我猜還有人後面會租出去賺租金。」

林滿也跟著笑道：「那就好，這筆錢是村裡的大收入，每個月得向村中公開帳單，你一個人可管得過來？」

村長吸了一口旱煙，每個月公開帳本，是先前就說好的，他也知道是防著中間有人貪吃，畢竟面對那麼一大堆現錢誰不心動？那里正還想來摻和一腳，被他拒了，這幾天里正心裡對他意見頗大，話裡話外和他不對盤。

這麼想著，村長就點了點頭。「景家小子現在身體可行？算帳雖不是個體力活，但是費腦子，村中識字的人不多，我這邊也找不出其他人，要不妳幫我問問這活兒他可願意接？」

林滿忍不住笑得更樂，應道：「沒問題，回頭我問問看。」

與村長聊完攤子的事，林滿就直接去了河邊，地裡現在已經全部種上了地瓜和馬鈴薯，還得再播種兩輪才夠村中的人分，地裡望去綠油油的一片，是地瓜葉長勢十分喜人。

她見著唐嬸子就招手讓她過來一趟，唐嬸子丟下手中的活兒小跑過來，問道：「滿娘找我啥事？」

林滿看著她，低聲問道：「白家的最近可有什麼動靜？」

唐嬸子下意識地想看一眼白氏，好在忍住了，同樣低聲道：「這幾天我沒事就跟她聊天，得知她家中這幾天不大好過，她那兒子和柱子混，竟然跑去賭坊，那東西沾上還能戒了？她就這麼一個兒子，從小就寵得過了，現在還由著他胡來呢，我勸了她兩句沒勸住。」

林滿訝異道：「她看著倒是個老實人，卻不想這麼溺愛孩子。」

唐嬸子撇撇嘴道：「以前是老實，現在家裡被兒子掏空了，就把主意打到地裡來了，怕是等種子熟了，想偷一點出去賣呢！」說完這話她趕忙又道：「這是我自己瞎想的，當不得真，不過滿娘還是得注意了。」

林滿謝過她，藉著巡查地裡的空檔特意觀察了白氏，見她面呈菜色，手腳也不如先前麻利，看樣子是沒有休息好，又沒吃飽的模樣。

本來白氏的家事是與她沒有關係的，但是若真像唐嬸子所說，是把主意打到她地裡，那可是萬萬不行的。白氏又溺愛孩子成性，別人的勸又聽不進去，就算讓她辭了工，她依舊不會放過地裡的種子。

這塊地現在能種出好東西，村中除了白氏，未必沒有其他人打主意，說不定她能借這個機會，立個下馬威，剷除隱患。

林滿打算回去再好好想想法子，現在她要去河對面看看情況了。

于大叔撐著船過來接她，順口說了工程進度。「路已經打通了，現在已經去女神廟了，先把周圍的草木清一清，到了初十，祭拜了四方神靈再開工。」

林滿點了點頭，到了對面岸上就順著新開闢出來的路走過去，約莫一刻鐘，就聽見前面有人在談論這事，聽聲音應該是張石匠一行人與別人在聊天。

「我的天，照你這麼說，是你們村子裡的人出錢修這個破地方？」

「呸呸呸，什麼破地方，這可是女神娘娘廟，以後是要祭拜神明的，不要胡言亂語！」

「都百來年沒人管過了，你們村子是錢多得燙手沒地方扔？別是魔怔了吧！」

「你懂什麼，我們村子裡的靈地就是女神娘娘賜的，到時候這個地方香火一定會旺盛起來，娘娘靈著呢！」

恰好林滿這時走了過來，張石匠趕忙指著她，對那個農夫道：「女神娘娘賜的靈地，就是她的，我們可是親眼看見靈地的神奇，你不信就算了。」

林滿笑了笑，道：「聊得這麼熱鬧？」

張石匠道：「就隨便聊聊，這個人不信女神娘娘顯靈呢，到時候我們支攤別租給他。」

「這我可管不了，找村長去。」

張石匠嘿嘿一笑道：「這廟妳修的，說話也算數的。」

林滿沒接話，距離上次來女神廟已經過去了許久，現在女神像還是倒塌著，她對著神像拜了幾拜，引得後面做工的人也跟著動了起來。

林滿問張石匠。「你看這裡好修繕嗎？」

「沒什麼大問題，這裡雖然是被地震毀壞的，好在沒有地裂，沒大影響，按照原來的計劃就可以。」

聽到這裡林滿就放下心來，然後看了看女神廟前，低聲問張石匠。「你看著廟宇修起來後，能支多少攤子？」

張石匠早就提前看過這邊的地形，回道：「得看什麼樣的攤，小路兩邊的荊棘草叢收拾完，擺它十個、二十個不成問題，順著這條小路下去有塊空地，在那兒修幾個茶棚都能使得，不過那下面是大蒼村的地了，我們動不了。」

林滿知道小路下面那塊空地，約莫三畝左右，當時就是在那兒碰見被李老酒調戲的景福卿，那塊地要是能利用起來，也能賺不少錢，不過就看大蒼村願不願意合作了。

這邊該看的都已經看完了，就等初十動工就行，回頭找村長，讓他和大蒼村談談，看看能不能把那空地也利用起來，這是個雙贏的好計劃，希望別被拒絕才好。

林滿回到村子裡，先去了一趟景家，還未進門，就看見屋簷下坐著一個眼熟的婦人，正是昨兒見過的賈氏，她正和景大娘說著話。

「我這是實在沒法子了，我家巧兒哪裡對不起他們范家，要這般對她？現在那丫頭飯也不吃，水也不喝，我實在擔心得很，本想著去趟鎮上找兒子，但又怕壞了他的事，只得求到你們這兒來，你們若是還要去鎮上，就讓他快點回來，我怕巧兒撐不住。」

林滿聽完不禁皺了眉頭，巧兒正是情竇初開的年紀，乍遇這樣的大事確實容易鑽進死胡同，這心結，外人怕是幫不了的。

她正這般想著，卻見景福卿從屋裡走了出來，對賈氏道：「嬸子，我去陪巧兒妹妹說說話可好？」

賈氏抹了把淚，看著她道：「她現在把自個兒反鎖在屋裡，繡兒今早來找過她，卻也不頂事，妳要是願意去試試，能讓她聽進去一、兩句話，嬸子給妳磕頭都行！」

景福卿嚇了一跳，忙道：「嬸子，別這樣，我也只是試一試，擔不起妳這樣的大禮！」

景大娘也勸道：「她們年歲差得不大，福娘又是經過事的人，都是鄰里鄉親的，能幫一把是一把，別說那些話。」

見她們說完了話，林滿這才走上前道：「大娘，我來找景大哥，村長讓我帶句話。」

有外人在，林滿確實不好意思像以前那般厚臉皮地直接進屋。

賈氏見林滿來了，忙收拾起臉上的淚水，站起身和景大娘告辭，臨走時對景福卿道：「福娘，妳得空了就過來吧，拜託妳了。」

景福卿保證自己吃完午餐就過去，賈氏得了答覆，這才離開景家，經過林滿身旁時，還記得和她打個招呼。

賈氏的身影不見後，景大娘趕忙對林滿道：「生哥兒在屋裡呢。」

林滿笑道：「我是真有村長的話要帶給他，大娘不妨也來聽聽？」

景大娘擺擺手道：「不了、不了，還要做午飯呢，滿娘今天就留在這裡吃吧。」

林滿倒沒有客氣，直接應下，笑道：「那我省事了。」

進了景賦生住的東屋，見他正坐著望著門口，見林滿來了揚起一個笑臉，說了一句。「關門。」

正準備邁步過來的林滿一愣，而後便明白過來，紅了臉龐。上次兩人親密時，被景福卿撞見實在是尷尬。

林滿瞋了他一眼。「此地無銀三百兩。」話雖如此，但她還是將門關上了，心臟也跟著怦怦直跳。

景賦生忍不住笑，問道：「妳說村長有話要妳帶給我？」

林滿在他身旁坐下，回道：「現在交訂金的很多，每月底要公開帳本，村長一個人忙不過來，問你要不要去當個帳房先生。」

景賦生想了想，回道：「這倒是個不錯的主意，我現在身子漸漸有了起色，也該為家中找點進項了。」

林滿和他開玩笑。「堂堂永康王世子去當個帳房先生，不會覺得委屈嗎？」

景賦生捏了捏她的臉，笑道：「我什麼委屈沒受過？現在這副身子能給家裡添點進項便是不易了，機會難得，自然得把握住，況且有我管著帳本，妳不是更放心些？」

景賦生說的話沒有錯，不是不相信村長的為人，而是擔心以後，畢竟銀子多了就會惹出一堆事情來，修建女神廟是林滿自己出的銀子，攤子租金是村中得利，說白了是林滿白送的好處，她是想村子過得好，可不是想給別人白白做嫁衣。

林滿笑了笑，又道了另一件事。「唐嬸子說，地裡的幫工白嬸子怕是在打地裡種子的主意，她兒子嗜賭成性，把家裡都賭光了，我在想能不能藉著這個機會做點什麼，村裡定不是只有白嬸子一個人打主意的，可以殺雞儆猴。」

景賦生問道：「那妳可有想法？」

「這不是來和你商量了嗎？」

景賦生輕輕敲了她的頭。「沒主意就沒主意，還說是來和我打商量。」

林滿抱住他的手，可憐兮兮道：「你讀書人腦子聰明，一定能想出辦法的是不是？」

景賦生略一沈思，而後道：「辦法是有的，剛好，妳兄長逍遙了那麼些日子，是該還些銀子回來了。」

當初為了將林滿從麻煩中拉出來，景賦生花了一百兩銀子買回了林路長，而後又放他回去了，林滿一直不知道這樣做是為何，後來她問得多了，景賦生無奈道：「林路長是個能安分幹事的？留在這裡是個禍害，不如讓他回去，需要的時候再叫來，還省了口糧。」

現在過去也有許久，林滿忙得都快忘記這事，此刻聽他提起來，忍不住驚奇地看著他。「是什麼主意？」

景賦生朝她勾勾手指。「妳過來。」

林滿見他神神秘秘的模樣，將耳朵湊了過去，本以為是什麼外人聽不得的主意，卻突然被他抱住，溫香軟玉在懷，景賦生消瘦的臉龐擱在她的肩膀上，林滿無奈又帶點寵溺地笑了笑，任由他抱著，景賦生調整了個自己舒服的姿勢，這才開口。

「不是什麼高明的主意，妳找個人給林路長傳個話，說現在有活兒讓他做，做完東家有銀子給，他自然會來。再找人在白氏那裡故意透露出這地瓜和馬鈴薯能賣多少銀子，照妳的說法，白氏的兒子已經沒錢許久，現在正是窮途末路的時候，這兩天應該就會動手，讓林路長去抓人就行了。」

林滿懷疑地看著他。「林路長什麼人你又不是不清楚？能乖乖聽話？」

「傻滿娘，妳那兄長花錢如流水，得了一百兩銀子又如何？禁不住他大手大腳，現在兜裡應該沒多少銀子了。」

說到這個林滿就心疼不已。「剛買下他的時候你還說會讓他把銀子吐出來，現在卻等到錢都花完了才動手，便宜他了。」

「不瞞妳說，那時候我想找人打他一頓將銀子搶回來的，但後面給忙忘了。」

林滿一臉無奈，但決定不再深究。

話轉回來，林滿問道：「然後呢？要怎麼殺雞儆猴？」

景賦生不著急道：「妳先按照我說的去做，把林路長叫過來再說，若碰不到白氏的兒子動手，就先在我家住著，畢竟是我家簽的身契，這樣也是理所應當的。」

林滿暫時也想不出好的法子，心中也是相信景賦生的，便點點頭，準備出門去找村中與她娘家同村的嫂子說會兒，剛一站起身，卻被景賦生拉住，她不禁轉頭看他。「還有什麼事？」

景賦生挑挑眉。「就準備走了？」

語氣中，還帶了幾分委屈。

按理說，林滿本尊和景賦生都是第一次戀愛的人，但有些人在這方面就是有奇異的天賦，林滿瞬間懂了他的意思，嘴角含了一分羞澀，先瞅了一眼門口，見門還是好好關著的，便大著膽子低下頭，向坐在床上的人湊過去。

行至半路，景賦生的手繞過她的脖頸，略一用力便將她快速拉了過去，而後，毫不猶豫地吻了上來，唇間帶著微苦的藥味，林滿卻甘之如飴。

兩人在房間裡親密了一會兒，好在理智還在，不敢做出出格的舉動，一吻作罷，景賦生抱著林滿，心中滿是甜蜜，低聲對她道：「我一定會好起來的。」

林滿將頭埋進他的胸口，聽著他沈穩的心跳，肯定道：「我等你。」

第四十三章

出了景家，林滿照計劃去找與她娘家同村的嫂子，隨意聊了幾句，恰好那嫂子明天正準備回一趟娘家，這真是瞌睡來了就有人送枕頭，林滿便託她給林路長帶話，那位嫂子也知道林滿是被林路長賣過來的，心中雖然好奇怎麼還要見他，不過這是別人家的事，到底沒問，林滿又道：「嫂子可以問問妳娘家人，可有願意來這邊做生意的？」

那嫂子道：「巧了，我回去正是要說這事呢，雖然我們娘家離這兒不算近，如果生意能做起來，到時候在這邊租一間屋子住，也不是不可以的。」

林滿笑道：「是個好主意，妳也把這事在我們娘家村說說，看看有多少人願意來。」

林滿一邊是想擴展小蒼村女神廟的知名度，一邊是想讓林路長也知道這個消息，雖然她知道一百兩銀子在林路長手裡肯定沒有剩下多少了，但是能拿回來一點也少虧一點。

至於白氏那邊嘛，這就簡單得多。

林滿去了河邊的靈地，見白氏和幾個幫工都還在忙碌，和他們打了招呼後，就聊了起來。

她也沒聊別的，就說地裡的這波地瓜、馬鈴薯收成後，就可以給村子裡面分發了，讓大家加把勁，還特意提了句——「我們村子可是第一個收種的，要是拿到外面賣，價格肯定是不少的，到時候大家發第一筆財，過個好年！」

賺頭等錢這話林滿也不是第一次說，唐嬸子幾人倒沒在意，頂多跟著再興奮一次，林滿眼角餘光看了眼白氏，見她愣怔著站在原地，目光直直地看著地裡的地瓜葉子，似乎下了什麼決定。

林滿收回目光，魚兒只要願意上鉤就好。

景福卿來找林滿說話，說了昨天吃完午飯，她就去了一趟武家。

林滿問道：「巧兒怎麼樣了？」

景福卿點點頭，一邊逗弄著女兒玩，一邊點頭道：「好歹肯出來吃飯了。」

林滿驚奇不已，「巧兒居然能聽得進去妳的話？武大叔和賈嬸子的話都不好使。」

景福卿搖搖頭。「勸慰的好話，她都聽了不少，我說的難聽著呢。」

這下林滿就更好奇了，景福卿就將昨天的事詳細地給她講了。

她去了武家後，賈氏就將她帶到武巧兒的房門前，小丫頭聽說景家姊姊來找她，也不開門，在屋裡不出聲，景福卿阻止了賈氏再勸的好話，朗聲道：「嬸子，巧兒妹妹這模樣您也別勸了，待她餓死，記得找個好地方，直接草蓆一捲，好好埋了就是。」

賈氏先是一愣，而後臉色就不好起來，景福卿笑著朝她搖搖頭，指了指屋裡，賈氏這才明白，景福卿是說給屋裡的人聽的。

「唉，這范齊林是走了什麼鴻運呀？有漂亮的未婚妻站在身後供自己讀書，功成名就後又有千金大小姐等著自己去娶，哪頭都不好交代，您看正左右為難呢，未婚妻想不開絕食自盡了，倒是替他把路給清乾淨了。

「知曉的人替未婚妻不值，但外人可就不這麼想了，那范齊林現在和李員外的女兒可是清清白白，一沒訂親、二沒下聘，您說出去人家也不信呀。等這未婚妻一死，他倒是可以正大光明地去娶了那位大小姐回來，兩人恩恩愛愛，日子越過越好，誰還記得背後有個死了的未婚妻？

「我還聽說這人死後不會立馬投胎，魂魄要在陽間待上許久呢，以後巧兒死了，你們也不用給她燒紙錢說范齊林如何好過，說不定她自個兒能親眼看著兩人如膠似漆呢，只是可憐你們白髮人送黑髮人，也可惜武大哥隻身一人還在鎮上找證據，想還妹妹一個清白呢。」

景福卿就跟講故事似的，彷彿未來她已經親眼看見過，一句一句往屋裡人的心窩子裡扎，最後還感嘆了一句。「親者痛、仇者快呀。」

賈氏和武大叔大眼瞪小眼地看著景福卿，這福娘平時柔柔弱弱的，見誰都三分笑臉，跟村裡的那些農女不一樣，就算和離回來了，也是把日子好好過著的，聽見別人嚼她舌根也不生氣，卻不想這一開口，就跟刀子似的，一下一下刮在人身上。

先不說巧兒聽了心中做何感想，就賈氏與武大叔聽了，心中一陣陣發涼，越發覺得范齊林不是個東西。

突然間，房門「砰」的一聲被打開，武巧兒神色憔悴，紅腫著一雙眼，現在那雙眼裡面滿是怒火，咬牙切齒道：「他想過上好日子？作夢！」

賈氏哎呀一聲，撲過去抱住女兒，哭道：「閨女啊，我的閨女啊，妳總算願意出來了，嚇死娘了！」

武巧兒被景福卿這麼一激，心中那點不捨與情誼已化成了怒火，她不是不知道自己這樣做沒好處，只是真的太難受了，沒有緩過來。

也想著，自己就這樣死了吧，不是說活著的人永遠比不過死了的人嗎？讓他後悔一輩子，愧疚一輩子。

可景福卿說得對，她死了，范齊林真的會後悔愧疚嗎？說不定還在心中慶幸自己了斷，給他讓出了路，與別人恩恩愛愛，她只剩一具枯骨，讓父母兄長難受而已。

景福卿見她出來也鬆了口氣，不好意思道：「巧兒妹妹別怪我說話難聽，這個世道，沒有誰離了誰就過不了日子，妳要好好保重自個兒身體才是，我不敢確定范兄弟對妳沒有一絲情誼，但在他決定要搭上李員外這條船時，妳就已經不重要了。」

武巧兒在娘親懷裡埋著頭，肩膀聳了聳，像是在哭的模樣，聽了景福卿的話只是胡亂地點了點頭。

景福卿任務已經完成了，在武家一家人難受時就悄悄離開了。

她也經歷過這樣絕望的時候，在自己被逼迫要給柳娘子讓出妻位的時候，她就已經死心了，若不是小時候經歷太多事情，知道家人有多重要，怕也沒有這麼快走出來。

林滿聽完，整個人都呆了，忍不住豎起一個大拇指。「真人不露相。」論損人，景福卿才是箇中翹楚啊。

「妳不怕後面武巧兒怪妳多管閒事？妳還說她『死』了這樣不吉利的話語，等她難受勁過了，怪在妳身上怎麼辦？」

景福卿笑道：「怪就怪吧，能為她做點什麼，全當我還了她哥哥的一片情誼吧，以後兩家不親近也沒有關係，不重要了。」

這是她第一次在林滿面前承認她與武喬文確實有事，而且話語中的意思，像是不太想與武家有何干係的模樣。

但是以林滿來看，景福卿未必不在意武喬文。只是她的思想與自己到底不同，景福卿覺得自己嫁過人，帶著孩子，就配不上人家了。

這麼一想，林滿突然覺得，自己臉皮還是厚了些，她與景福卿情況差不多，但是自己到底是現代人，並不覺得有什麼不對，但她又不能拿這一套來勸景福卿，想著等機會合適，再慢慢勸導她。

兩人正說著話，忽然見籬笆門外一個身影鬼鬼祟祟的，林滿一下警惕起來，喝了一句。「誰在那兒?做什麼?」

那人影轉過身來，林滿一看，胸中頓時噎了一口氣，這人不是別人，正是林路長。

「你在那兒鬼鬼祟祟做什麼?」

林路長走了進來，看了一眼景福卿，認得這是東家的妹子，卻沒有打招呼，他先將身上的泥土抖落乾淨，而後道:「東家有事叫我回來，順道過來看看妳。」

林滿的白眼差點沒有翻上天。「呵，這理由你自個兒都不相信吧，有話快說、有屁快放。」

林路長見林滿不給面子，也黑了臉色，本想再擺一擺兄長譜，好在腦子裡面還記得自己婆娘說的話——「你別和她一般見識，現在她手裡握著靈地和燒烤生意呢，還有那個女神廟也是她建的，讓她給你騰個好做生意的地，也算林家沒白養她。」

這麼想著，林路長便直接開了口。「等女神廟修好了，給我挪個地方出來，要最好的那塊，到時候妳嫂子要來做生意，妳姪兒以後大了，也會記得妳的好。」

林滿話都懶得說，這林路長不要臉皮她是見識過的，現在他不過一個奴身，還想在她面前擺兄長譜，作什麼春秋大夢呢？

景福卿適時開口道：「林路長，你身契還在我們家，來了這裡不去景家，跑來找滿娘做什麼？我哥給你安排的事做好了？」

林路長這才看向景福卿，不過卻不恭敬，眼和鼻子都快上天了。「東家娘子這話說笑了，林滿是我妹妹，雖然我是你們家奴僕，但來看妹子無可厚非吧？怎麼這麼點情面都不講？」

景福卿的神色冷了下來。「你拿了一百兩銀子後便讓你回家去了，誰家僕人也沒有這般好的待遇，竟然還敢大言不慚說東家不講情面，那不如給你換個講情面的東家如何？鎮上有間人牙子，回頭就讓他們替你尋個好東家吧！」

林路長這才變了臉色，他確實是有些飄飄然了，知道自家妹子了不得，自己作為她的兄長，在這村子怎麼也得有三分面子，再想著景家和林滿關係好，不自覺就腦補出，那賣身契簽了不過就是嚇唬他而已，作不得數的。

但景福卿剛剛的意思很明白，只要身契在手，他就只能被景家隨意揉捏，想賣了你就能賣了，賣到什麼地方去也是由東家說了算，你只能受著。

他自己其實也知道的，給一百兩銀子讓自己逍遙快活的東家，確實找不出第二家了，剛才不過是仗著林滿的面子，才敢說出這句話。

心裡正氣結，又聽林滿道：「他這樣子能賣哪兒去？空有一身力氣，大字又不識幾個，模樣也不算好，人牙子要是收了他，不得虧死？」

林路長瞪著林滿，這是變著法子損他一無是處呢！

景福卿接道：「滿娘這就有所不知了，這年輕力壯的其實是最好賣的，在北方西縣那邊有專門挖煤的煤老闆，那裡最缺這樣的勞壯力，三、五十兩銀子也是賣得的，可是值錢得很呢。」

林滿好奇地哦了一聲，配合景福卿演道：「這可比一般家僕的價格高出許多，那窮人自薦去賣了身契也是個好去處，不如把這個人賣出去，雖說跟一百兩比起來，三、五十兩也是有些虧，但這個人留在你們這裡又沒有用，還是賣了吧。」

林路長黑了臉色，賣得價格高又如何？這個銀子又進不了自己的兜裡，想賣他？沒門兒！不過一個農戶，家中做主的還是個病秧子，他還能害怕不成？就算跑了他也不能奈他何！

這麼想著，他心中便有了主意，這次把事辦好，拿了銀子就帶著家裡人走，這家人無權無勢的，他就不信還能找著他！

景福卿自然看見了他的臉色，心中冷笑一聲，對林滿道：「我也覺得這是個不錯的主意，回去就和哥哥商量，反正簽下身契的那天，我哥就將他的畫像畫了下來，到時候也不怕他跑了，他若是敢跑，我們就拿著身契和畫像去官府，逃奴的下場可不好受，輕者杖責致死，行跡惡劣的還要被千刀萬剮，以儆效尤呢！」

林滿驚恐地摀住嘴巴。「這真是太可怕了！」

見林路長也跟著白了臉色，景福卿下了最後一劑猛藥。

「這奴僕就該有奴僕的樣子，千萬莫仗著莫須有的身分來擺架子，惹得主家不開心了，到時候直接賣去煤礦裡，那裡的人可不是好說話，免得聽得多了到處胡說八道，賣去了就要被割耳割舌的，要是受不了想逃，看看是有那賊想法的厲害，還是官府厲害。」

林路長不過一介農家裡的混混，哪裡知道這些東西？方才那點膽子現在丁點都不剩，這才發現，原來簽了身契，不只是拿了銀錢這麼簡單。

林滿看著林路長失魂落魄的模樣，低聲和景福卿咬耳朵。「真的這麼可怕？」

景福卿小聲道：「嚇他的，杖斃是可能的，但千刀萬剮那是官刑，我們哪敢？」

林滿佩服地望著她，福娘真是把她哥哥腹黑的那套都學會了啊。

「還愣著幹什麼？東家叫你還不去？」景福卿擺足氣勢吼了一句，林路長眼中有不服、有懼怕，最後還是咬咬牙轉身去了景家方向。

景福卿也和林滿道別，臨走前叮囑她看著白氏，一有風吹草動她們就放狗咬人，這「狗」是誰自然不用說，林滿點點頭，表示自己記住了。

林路長跟著景福卿回了景家，景大娘將他領到一個柴房前對他道：「家裡沒有多餘的房子，你就住這裡，床被子也有，要嚷嚷就把你賣了！」

景大娘不知道自家女兒先前這麼嚇過林路長，她只知道林路長是個欺軟怕硬的，便用以前在府中那套對付不聽話的下人的方法，不想卻歪打正著，林路長確實不敢鬧，只能暗自記恨。

一群人等著晚上，等天邊漸漸抹黑，林滿悄悄去了離白氏家不遠的地方，躲在草叢裡，昨天白氏的神情就不對勁了，如果不出意外，今天應該就要動手了。

林滿蹲了好些時候，村子裡面一片漆黑，氣溫也降了下來，林滿裹緊身上的襖子，還好現在日子好過了，不然就以前穿的那身，怕是早就凍病了。

夜色越來越深，四周寂靜得只剩風吹過的聲音，村子裡面所有人都歇了下來。

林滿睜大眼睛，仔細盯著白氏家的方向，深怕不小心就看漏了眼。不多久，白氏屋前漸漸出現兩個身影，黑得看不真切，若不是兩個影子在移動，林滿注意力也集中，不然真就錯過了。

她悄悄離開草叢，趕忙跑去景家，好戲，要上演了。

第四十四章

那兩道影子正是白氏和她的兒子小壯。小壯其實一點也不壯，人瘦瘦的，一雙眼睛細細長長，長得不像他娘白氏，兩人現在正快速往地裡移動，手心裡都緊張得出了汗。

小壯問他娘。「妳確定沒人看著？」

白氏點點頭，有些不安道：「是……是啊，除了拿種子那天，好久沒有人看著了……」頓了下，她不確定道：「兒子，咱們真的要這麼做？那……那可是村裡的東西啊，還是靈地，萬一……萬一被女神娘娘懲罰了怎麼辦？」

小壯呸了一聲，他才不信什麼女神娘娘，林滿不過是運氣好罷了，要是早讓他得到這塊地，哪有林滿的事？

「要幹就幹，妳害怕就回去！這次欠的錢再不湊齊，債主就要斷我手腳了，妳想要妳兒子沒手沒腳就回去吧！」

白氏抖了抖，她心中本是害怕不已，但一想到兒子沒了手腳……那不是比要她命還難受嗎？

這麼一想，心中那點膽怯也少了些許，和兒子加快步伐到了河邊。

夜深人靜，母子倆在河邊觀察了一會兒，果然沒有人守著，便趕緊踏進地裡，一人挖馬鈴薯，一人挖地瓜，兩人不停忙碌著，白氏害怕得向四周望去，心虛不已。

不知道是不是老天爺都站在她這邊，兩人行動十分順利，各裝了滿滿一背簍，他們母子倆已經商量好了，挖完就直接揹出去，拿去別村賣，這個東西不能留在家裡藏著掖著。

母子倆各揹好東西，急急地往村頭趕去，眼看就要出村，突然，一個人從旁邊跳了出來，母子倆嚇了一跳，白氏一抖，還未來得及尖叫，突然聽到有人大吼一聲。「抓賊啦！」

而後，一堆火把出現在三人身後，照得三人臉色煞白，前頭舉著火把的是景大娘，她身後跟著的，是林滿、景福卿，還有村長與里正，而方才和他們相撞的人，是一個壯年男子，仔細一看還有些眼熟，竟是林滿的兄長，此刻他被狠狠撞了一下，正歪倒在地上沒有起來。

白氏心中一驚，大呼一聲完了，雙腿軟軟坐了下去。

小壯也嚇得不輕，好在還穩得住，強行解釋道：「我們……我們是見東西熟了，怕壞掉了……」

村長正疑惑著，他本在家中睡覺，突然被人拍門叫醒，說有賊人進了村，景家丟了東西，正在抓賊人，讓村長幫忙。這事不是小事，更何況是景家丟了東西，他自然更看重幾分，他趕緊叫兒子去跟著抓人，他去找里正，到時候一定好好要將賊人繩之於法，沒承想，追賊人追到村口，竟然遇見了這一幕。

白氏母子背簍裡的東西，可不就是地瓜和馬鈴薯嗎？

村長訝異地看著白氏母子，眼珠子都瞪大了。「你們竟然也是個賊！」

這一下，可就熱鬧了。

林滿見計劃順利進行，暗中鬆了口氣，就像景賦生所說，是個沒什麼技巧的計劃。他們叫回來林路長，當然不是想要讓他抓賊的，他只是個叫醒村中人的引子，畢竟他們要鬧出大動靜，要將村子裡的人都吵起來，讓其中那些有不安分想法的人好好看著，景家也順便要解決掉林路長，他們從來就沒有將林路長長久留下的打算。

景賦生曾經問過林滿，如果要對她兄長做不好的事她會怎麼辦？林滿沒有過多的想法，林路長本來就對她不義，她也沒什麼仁義在，只要別要了命就行。

景家事先就在容易看見的地方放了一只值錢的鐲子，林路長哪能想到是景家在引他上鈎？他本來就不是什麼好人，本想偷偷拿了鐲子，等機會出去賣，沒承想他的一舉一動早就被人暗中盯著了。

林滿去景家報信以後，故意說出發現鐲子不見了的話讓他聽著，等他慌亂了，必定會趁夜色有所動作，藏起來也好，拿去賣了也罷，他們只需要等他動起來就行。

景大娘「發現」了林路長這個賊之前，景福卿就先去找了村長求助，要不然村長一行人哪有這麼快的動作能「恰好」抓住正往村外跑的林路長？又「恰好」碰見白氏母子？

這是林滿和景家卡著點算計好的呢。

但村長們不知道，這下抓了個現行犯，敢在他眼皮子底下偷東西，這不是打他臉嗎？這三個人，誰都跑不掉！

林滿又驚又怒，哭訴道：「我如此信任你們，卻還被你們在後面算計！今天還好是抓到你們母子，要是沒抓到，地裡不見了的東西豈不是要算在我頭上？讓村子裡面大夥兒怎麼看我？說不定還會被人誣衊是我私吞了！明明是為村子裡面謀好事，卻差點被人害了！」

這事動靜鬧得大，村中許多人都來到了這裡，林滿的話他們自然也聽到了，有幾人的面色露出幾分尷尬，不過夜色太濃，就算打著火把也看不真切。

白氏母子想狡辯，卻聽村長喝道：「人贓並獲，你們還想抵賴？看來這日子好過了，有些人膽兒就肥了，今天不好好肅清，我看村子就要亂了！」

村長讓人拿了繩子把這三人捆了起來，林路長被抓住後就一直裝死，企圖趁人不注意偷偷溜走，但景大娘和林滿都盯著他，怎麼會給他機會。
三人被帶到村長家，一群人都跟著去了，畢竟小蒼村許久沒出過這樣的事，都想看看怎麼處理。
這三個賊子畢竟都跟林滿和景家有關係，村長先問了他們兩家的想法。「妳看這三個人，要怎麼處理才好？」
景大娘來之前，兒子就交代好了如何處理，現在只需要敘述出來就行了，她道：「林路長是我們家僕，我們自行處理就行了，至於白氏母子倆，做的可是損害村子的利益，今天要是被他們得逞了，損失的可不是我們兩家，是大夥兒的事，不能輕饒。」
頓了下，她繼續道：「我畢竟是個婦道人家，你和里正才是管這村的，村長覺得怎麼處理好？」
後面這句話，是自家兒子教的，對付白氏母子的事情不要全部攬在自己身上，村長和里正才是村子裡能說話的人，不可喧賓奪主，讓人覺得景家和林滿現在捏著村子的富貴路就能在村中為所欲為，不然被有心人一挑撥，和村長、里正鬧起矛盾，十分麻煩。
村長聽了這話，臉色果然放鬆了一些，現在景家和林滿在村中越來越受到人尊重，他不是不相信這兩家的人品，但心裡免不了會在意，好在只是他自己多想了。
村長略一沈思，然後道：「這畢竟是大事情，若是輕饒了他們，以後還會有人跟著犯錯，但我們村不像外村那般是宗親，零零散散的沒什麼規矩，也沒有家法可請，今天我乾脆就先立個規矩出來，在村中偷盜犯事者，杖責三十，損害村中利益，枉顧同村者，就逐出村子吧。」

此話一出，村中的人都倒抽了一口氣，白氏母子更是不敢置信地看著村長。他們祖輩都是戰亂逃過來的，到他們這一輩，這裡就是他們的根，離開這裡，還能去哪裡？這不是逼人死嗎？

林滿也驚訝得張大了嘴巴，她沒想到村長能如此狠得下心，先打後驅，對普通百姓來說，無異於滅頂之災。

「村……村長，你不能這麼做！你這是殺人！殺人！」小壯面色煞白，腿肚子都發著抖，他怒道：「我不過是偷了一些種子而已，你竟要把我們趕盡殺絕？」

林滿心中搖頭，到現在他竟還不覺得有錯。

人群中有人道：「是啊，村長你這過分了，懲罰一頓便好了，何必這麼咄咄逼人？」

「大家畢竟是同一個村子的，還是留點情面吧。」

「給他們一個機會吧……」

周圍議論紛紛，林滿忍不住皺起眉頭，出聲道：「大夥兒都覺得白氏母子倆情有可原？」

有人道：「不是覺得情有可原，只是你們這麼做，這不是把人往死裡逼嗎？」

林滿道：「這樣吧，覺得白氏母子倆罪不當驅的，舉個手。」

人群中靜了一會兒，猶猶豫豫的有幾隻手舉了起來，林滿冷笑一聲，對村長道：「村長，把這幾位記下來吧。」

舉手的其中一人問道：「滿娘這什麼意思？」

林滿笑道：「這偷盜有一就有二，以後村子裡面少了什麼東西，誰知道是不是白氏母子幹的？是你們要將他們保下來，那以後就跟著擔責，敢不敢？」

有人怒道：「憑什麼算在我們頭上？」

有另一人道：「我倒覺得滿娘說得沒錯，你們把人保下來禍害村子，大夥兒跟著受累，也憑什麼呀？他們母子倆明知道全村人都等著這波種子，還敢做這種傷天害理的事情，可有把我們這些鄉親們放在眼裡？」

這話一出，周圍人頓覺有理，他們不好好過日子，憑什麼要跟著這幾個人冒風險？

那人沒言語，只能恨恨閉嘴。

林滿接著道：「不過有句話也說得沒錯，這裡是他們的根，白氏年紀也大了，我看，白氏打個十板子，小壯三十板子，先留在家裡由全村人盯著，如果再犯，便沒有下次了。村長，你覺得呢？」

要說村子到底怎麼想的，林滿也能猜出個一二來。白氏母子雖然犯了大錯，但是畢竟是一個村子的人，就像先前那個人說的，畢竟一個村，真讓村長下狠心逐出村去，白氏母子要是出了什麼事，他必定會自責，說不定後面還會怪在林滿頭上，若不是她這麼不近人情，怎麼會出事呢？

這人啊，心理就這麼奇怪，可能就是誰弱誰有理吧。

林滿不想揹鍋，給完棒子以後再給顆糖，機會她給了，就看白氏母子珍不珍惜了。

村長點點頭道：「就這樣吧。」

白氏母子的板子，是村長讓村子裡的壯年男子來執行的，村裡人第一次看人挨板子，那啪啪響的棍子彷彿是打在自己身上，忍不住讓人護住了屁股，想著如果是自己，被這麼打一頓還要扔出村，那可是真的沒命了。

林滿觀察著村子的人的臉色，見他們確實眼中有畏懼，心中鬆了口氣，只要別再打地裡主意就好。

白氏母子被人送回去，這熱鬧也就看完了，但接下來一段時間，肯定是村裡的一大話題。

林滿與景家兩人拖著林路長回去，林路長剛張嘴想說話，景大娘不知道從哪拿出來的抹布一下塞進他嘴裡，只剩他嗚嗚的乾嚎聲。

景大娘湊過來道：「我兒子說，林路長留不得。」

林滿停下腳，不解地看著她。「景大哥什麼意思？」

景大娘怕她誤會，忙道：「不能留在咱們這裡啦，也不能放他回去，準備轉手賣了，賣給鎮上給人家當苦力。」

林滿聞言思考了下，回道：「身契是你們的，你們看著辦吧。」

林路長不算是好人，畢竟連親妹妹和自己身契都能換成銀子，在他心裡早就沒有什麼親情概念了，林滿自然也不會對他有兄妹之情。

把林路長留在身邊是個棘手的問題，但景家和林滿都做不來惡事，景賦生便提出了將他轉手賣出去。鎮上有個東家，專門從事苦力勞作，但是請幫工花費太高，便想了買斷身契這樣的法子，壯年勞力大多數人都能找到飯吃，懶如林路長這種人又不願意幹這種苦力活，基本都不會主動去簽賣身契。

於是景家的人聯繫那位東家，對方基本毫不猶豫地就答應了，只讓他們把人和身契帶過去就行了。

景家的人也沒有留情面，直接將林路長的手腳捆了關在柴房，而後景大娘就跟村子裡另個要去鎮上辦事的人一起去了鎮上，將人就這麼賣了。

林路長甘心嗎？當然不甘心。

現在仔細一想，那麼值錢的東西怎麼會明晃晃地放在外人的眼皮子底下？不就是等著他上鈎？當時只怪自己沒有腦子，輕而易舉地上了當。

原本以為是白得了一百兩銀子，景家不過是一個鄉下小戶，還真能對他做些什麼不成？直到現在才發現自己天真，身契在別人手上，要賣就賣，根本連招呼都不用和自己打一聲。

此刻他才萬般後悔貪圖那點銀錢，一百兩銀子還沒有花完，就這麼被賣到別人手裡去了。

林滿還對景福卿嘆了一聲。「當時他們賣我的時候，可有想過我能過下去嗎？現在只希望他能長點記性，那位東家可不是吃素的，對付不聽話的人自有一套手段，做得好，每月還有點補貼，他若還有最後一點良心，倒是可以攢下來給他兒子送去。」

景福卿問道：「他家人那邊不用知會一聲？」

林滿苦笑道：「他家那位也不是個善類，我就不去說了，梨花鎮就這麼大，總有人會去鎮上，最後還是會傳到她耳裡去，我能清淨一段時間也好。」

景福卿點頭嘆道：「如此也好。」

兩人此刻正各自帶著孩子，駕著牛車去集上，上次和郝掌櫃談的生意還沒有結束，今天三天已過，差不多該是好好談的時候了。

林滿也沒有瞞著景福卿，以後辣椒醬生意做大，肯定還是需要景家幫忙的，況且不說生意夥伴的關係，兩家現在宛如一家人，林滿也覺得沒有什麼好瞞的，只是辣椒醬配方她保密著。

到了集上，林滿直接將牛車拴在老地方，和景福卿兩人剛到天香樓，就見有客人往裡走，小二正對堂裡喝道：「貴客三位！」

林滿上前打了招呼，小二一見她倆就擺出笑容。「林娘子來啦？現在店裡忙，我帶妳從後面進去吧？掌櫃的現在在廚房裡忙著呢！」

「有勞小二哥了。」

「林娘子這說的哪裡話？妳上次在廚房裡露的那手果然好用呢，這不才三天，妳帶來的那一罈辣椒醬就見了底，掌櫃的還說今天妳要是不來，他就去找妳了，明兒可就一點醬都沒有了。」

林滿聽著這話，就知道天香樓的生意肯定是好得很，而且他話裡著重提了辣椒醬，並沒有多說串串味道的神奇，她猜測著，是不是廚子已經掌握好了火候和比例，若是這樣，今天這生意怕是不能五五分了。

林滿在心中算了算，有了數。

天香樓的後廚比上次來的時候多了幾個人，都是幫忙洗菜、切菜、串菜的婆子，廚房裡有兩口鍋正燙著串串，香味一陣一陣傳來，將人肚子裡的饞蟲勾了起來。

「林娘子。」郝掌櫃過來朝她拱了拱手，開門見山道：「這裡雜亂，若是不介意的話，與我同去書房裡詳談？」

書房裡談事正好，林滿便點點頭，幾人到了郝掌櫃的書房，落了坐，郝掌櫃親自給兩人斟了茶。林滿笑道：「郝掌櫃生意看樣子不錯呀。」

「託林娘子的福，這幾日倒是有不少客人上門。」

「掌櫃說的哪裡話，這是你經營有道。」

兩人互相吹捧了一番，話題漸漸走入正軌。

郝掌櫃正了臉色道：「林娘子上次說的五五分實在是高了些，這生意再好，我也分不出如此多的利潤來，林娘子也看見了，多掙一分錢，就要出更多的本錢，我也就是賺個薄利多銷罷了。」

林滿面上依舊保持著笑容，問道：「那掌櫃的覺得如何？」

郝掌櫃比了個七，又比了個三。「還是上次說的這個數，林娘子自己也是生意人，這筆帳妳應該能算得，我這出的成本可真真是不少呀。」

林滿沒有急著拒絕。「做生意都是不容易的，掌櫃的要出成本，我這邊也是要出成本的，地裡的工人錢、種子錢……雖然跟掌櫃的比是九牛一毛，但我這菜錢也就是賺個銅板，我這筆帳掌櫃的也能算得。不如我們各退一步，你六我四，如何？」

郝掌櫃還是擺了擺手，為難道：「若是有賺頭，我當然覺得好，六四我也只能堪堪收回成本，不瞞林娘子，在妳那兒拿的菜錢我倒不覺得是負擔，後面這辣椒醬的錢才是重要的。」

郝掌櫃這基本是明說了，辣椒醬的定價於普通人來說確實太貴了，她雖然說了是成本價賣與郝掌櫃，但以後要的量多，自然是一筆不小的開銷，這是希望林滿要麼降一點分成，要麼辣椒醬再便宜一點。

林滿道：「我這有兩個方案，掌櫃的聽一聽？」

「林娘子請講。」

「咱們都是考慮了成本，不如這樣吧，我們六四分成，辣椒醬成本五百文一罈給你，每二十罈再贈送你一罈，如果掌櫃的不能接受，那就不合作，辣椒醬和菜品原價賣你，但郝掌櫃畢竟也是老朋友了，買十罈送你一罈，如何？」

郝掌櫃在心中快速算了一通，而後面色一噎，有些無語起來。

若是六四分成，菜不要錢不說，辣椒醬的錢直接降了一半，就這麼說吧，若是賺十兩銀子，他得六兩，林滿得四兩，再扣掉成本價，林滿那邊得多少不清楚，不過淨得二兩還是有的，自己這邊嘛……四兩往上數。

如果不分成，十兩銀子，所有成本自己攤，而以後林滿的辣椒醬肯定不會只賣他一家，現在一罈辣椒醬他是摳摳索索才賣了三天，以後去鎮上肯定不能這麼小氣，怕是一天就要兩罈……還有每天的菜錢，現在每天基本都得要一兩的菜錢，去了鎮上肯定不止這點。

算下來，其實他得的都差不多，但是如果往長遠看……以後有了競爭對手，若是自己的成本比別人低，價格也就更低，就更有優勢。簡單來說，與林滿分不分成，他得的都是一樣，但有打持久戰的優勢，要是價格都和別家一樣，他一個新到鎮上扎根的，憑什麼和別人鬥？

林滿知道這是長久生意，所以敢提這個條件。

郝掌櫃好半天才緩過來，佩服地笑道：「還是林娘子有主意，六四就六四，不過我還有個條件。」

林滿見談得差不多，心中鬆了大半口氣，聞言道：「掌櫃但說無妨。」

「妳也知道我在鎮上不過算是個新人，這個串串方子若是有心琢磨，不是琢磨不出來，到時候就不吸引人了。所以林娘子的辣椒醬前兩個月只能供我一家。」

林滿道：「掌櫃的不說我也正有此意，畢竟以後我們就是一條船的人，你站穩了腳跟我才有得賺。」

生意就這麼愉快地定了下來，兩人當場就立了字契簽了約。林滿也大方，從明天開始就不收菜錢了，郝掌櫃先訂了十罈辣椒醬，但林滿也還是送了一罈。

從天香樓出來，景福卿佩服地看著她。「我這還是第一次見人談生意，滿娘真是厲害，穩穩當當地就能收銀子。」

林滿搖搖頭道：「郝掌櫃做了這麼多年的生意，自然比我要精明得多。」

景福卿問她何意？

林滿便細細地解釋了。

她用低成本把自己和郝掌櫃綁在一條線上，穩坐收錢就行，若是自己去開酒樓，相比能賺得更多，但是她離不開村子，那裡有更多的事情等著她，若是今天生意沒有談成，她一時半刻也想不出可靠的人能一起做這樣的生意。

郝掌櫃願意合作，一個是往長遠看，另一個，就是先排除掉自己的對手，也就是林滿自己。他現在的串串生意是從林滿這兒學的，若是林滿自己做，肯定要比他做得好，生意雖然做不完，但誰都不想一開始就被比下去，這很能影響以後的客源穩定性。

「原來如此。」景福卿聽完，眼中的佩服更甚，調笑道：「我們這一家子都不是做生意的料，以後妳嫁過來，我們全家都只能幫忙了。」

林滿心情好道：「帳房先生也省了，十分好。」

兩人去取牛車，還沒走出集上，忽然聽到後面一陣議論聲，便好奇地回過頭去，這一看，卻嚇了一跳。

身後鬧出動靜的是景大娘，她旁邊是今天跟著一起上鎮的同村人，而後邊，是跟著一身便服的武喬文，他手裡，正抓著雙手被反綁的范齊林。

景福卿和她對視一眼，兩人心中一跳，這是武家要跟范家算帳了？

第四十五章

集上還是有不少人認得武喬文的，見他綁著人，以為那人犯了什麼事，都紛紛詢問起來。

「武捕快，這人是犯了什麼事？怎麼不往官府押，反倒押回來了？」

「這人有些面熟啊，好像是你們村的秀才？」

「是他們村秀才，好像姓范？」

范齊林聽著周圍的議論聲，將頭埋得低低的，讓人看不到他的神色。

武喬文解釋道：「眾位鄉親別好奇了，這是我們家的私事，並非這人犯了事，有些話不便告知，望鄉親們勿要再議論了。」

若是公事，集上的人未必敢打聽，可一說是武家的私事，這就讓人有了幾分膽子，想了解清楚點，但無論他們問什麼，武喬文都是閉口不答，嘴巴緊得很。

集上的人自然是認得景大娘的，便轉頭紛紛看向她。「大娘跟著武捕快一起回來的，可知道詳情？」

景大娘無語地看著那人道：「我是去鎮上辦事的，又不是去打聽人家武捕快在幹啥的，我怎麼會知道？」

武家的私事，景家和林滿是知道的，但不能拿出來隨意說道，人家自有一套解決辦法。

眾人打聽不出來什麼，也就只好歇了心思。

「娘。」景福卿上前打了聲招呼，和武喬文點頭示好，武喬文雖然面不帶笑，但冷冽的雙眼柔軟了幾分。

景大娘是知道景福卿和林滿今天要來集上談生意的，沒想到這麼碰巧遇上了。「談得怎麼樣了？」

景福卿點點頭。「談成了。」而後看了武喬文一眼，又對她娘道：「武大哥還有事情要處理，我們一起回去吧。」

景大娘沒多言，讓武喬文帶著范齊林上了牛車，景福卿回去和林滿坐一輛，幾人一起回了村裡。

村中這個時候在家的人不少，武喬文押著范齊林那一幕自然有許多人都看見了，一時又引起了諸多好奇，都跑來詢問。武喬文都只用一句「自家私事」打發了，而後閉口不言。

景大娘將武喬文送到了武家門口，武大叔正在家裡磨柴刀，準備上山再砍一些冬柴，見到范齊林當場怒火中燒，提著柴刀就奔了過來，嚇得范齊林以為要命喪當場，嘴裡連連告饒。

見他涕淚縱橫的模樣，別說武家了，就連景大娘都覺得一陣噁心，敢作不敢當，一點男子漢氣概也無。

武喬文向景大娘道了謝，景大娘知道後面他們家要好好算這筆姻緣帳，便不再逗留。

林滿回來後先去河邊地裡，好好看了種子，見種子都已育好，便招呼幫工收起來。不知道是不是因為對白氏的那招殺雞儆猴有效，幫工們今天格外勤快，連一向愛和她聊天的唐嬸子都少了許多話，林滿心中有些無奈，她的本意並不是想和鄰里疏遠關係，只是她人單力薄，要護住這塊地，最好是和村子裡的利益綁在一起，這樣才有靠山。

林滿道：「馬鈴薯全部收起來，地瓜先剪藤，地瓜還要等一天才行。」

唐嬸子這時候就接話了，問道：「那剪藤了還是在這裡種呀？」

林滿笑道：「不，我有一個別的想法。」

林滿的想法很簡單，地瓜、馬鈴薯易存活，她便想著，靈地種出來的地瓜藤是不是更耐活些，她想試著將靈地種出來的地瓜藤和馬鈴薯在普通的土地裡種一種，如果能活下來，那全村都不用等來年，今年就能溫飽了。

收種子是大事，地裡翻種了兩波以後已經有許多，林滿便去請了村長，讓他坐鎮，看著這些種子收起來，當著他的面，也不敢有人說這種子數量有問題。

看著種子一簍簍的抬上來，村長面上也不禁笑開了花，林滿乘機將自己的想法說了。「這塊地向來與眾不同，等大家拿到了種子，不如先試種兩個看看，萬一能活得下來，早日有收成，大夥兒也就能早點過日子。」

村長聽了也覺得不錯。「也行，這麼多種子分下去，每家分得不少，試種兩個也不費事，回頭分種子的時候我就跟大夥兒說說。」

林滿道了聲好。心中感激，幸好村長是個明事理的人，她有了這塊靈地後本應有許多麻煩，若不是村長站在她這邊，她也不能省了許多事。

收完種子天色已黑，林滿道：「今天怕是分不了了，不如明天吧，種子就寄放在村長家裡如何？」

村長訝異地看著她。「不放在妳那兒？」

「你是村長，誰打主意都不敢打到你頭上呀，況且明天是在你家登記分種的，要方便些。」

村長聽完便沒有拒絕，又去找了幾個壯力青年來幫忙將種子抬到自家倉庫裡，而後在每個簍子搭上一張簸箕，又用兩個拳頭大小的石頭壓住，免得晚上有老鼠或是別的什麼東西跑來搗亂。

結果沒承想，一群人剛把這些活兒做完，就跑來一群人到了村長家，村長還未開口問來做什麼，前面的一人就興奮道：「村長，聽說這種子成了？什麼時候分種？」

「今天都黑了，明天來吧，難不成你們一個晚上都等不得？」

那人嘿嘿一笑道：「大夥兒不都盼著這麼一天，左等右等好不容易等到了，哪能忍得住？不如今兒分了吧！」

村長本想再勸，但轉念一想，若是今天大夥兒把種子拿回去，明天就可以種上，便回頭詢問林滿，問她怎麼想？

這又不是什麼大事，林滿便道：「你決定就成，雖說不差這一天、兩天，不過要是大夥兒等不及，今天分發也不是不可以的。」

眾人聽完這話，便趕忙道：「今天發了吧！」

在村人眼中，這些種子就是他們填飽肚子和掙銀子的好東西，自然是想趕緊揣到自己兜裡的，不是不放心東西放在村長家，只是窮了那麼久，突然有一天發現自己其實也是有機會能發財的，那種迫不及待的心情，實在是壓抑不住。

村長難得見大夥兒興致如此高昂，對林滿道：「滿娘，妳去把景家小子找來，問他現在能不能來這邊登記。」

林滿正要應聲好，人群中突然有人道：「景家小子身子不大好，還是讓他歇著吧，我看見喬文小子和范齊林回來了，他倆身強力壯，不如叫他們來。」

結果有人道：「他倆怕是來不成了，我剛剛從武家過，不知道那范齊林犯了什麼事，正跪在武家兩口子面前呢，哭得一把鼻涕、一把淚，喬文小子臉色也不太好呢，手裡還拿了一根木棍，像是要打人的樣子。」

有人驚訝道：「這范齊林平時為人不錯呀，怎麼把未來岳父母和大舅子得罪了？」

「誰知道呢，剛才想去問個究竟，結果喬文小子那眼神就跟要吃人似的，我不敢靠近，只敢遠遠看著呢。」

「范齊林這樣李氏能忍？自從她兒子中了秀才，她就愛擺譜，現在她秀才兒子都給人跪下了，不得鬧翻天？」

「沒看見人呢，要麼是不知道，要麼就是范齊林做的事理太虧，李氏都不敢出面說道。」

沒想到這時候還聽了一耳朵八卦，眾人的心思瞬間就被勾走了，都猜測起來這范齊林到底怎麼回事。

村長尷尬地咳了一聲，將大夥兒的注意力又拉回來，問道：「種子還要不要分了？」

「分，怎麼不分，麻煩滿娘跑一趟叫下景家小子吧，妳跟景家熟些好說話。」

林滿應下後就去了景家，景大娘一家剛剛吃過晚飯，見林滿來了趕緊招呼她坐下，問她吃了沒。

林滿道：「忙了一天還沒吃呢，晚點我自己下點麵吃就行了，我是來找景大哥的，村裡今兒晚上就要分種了，想讓景大哥去做個登記。」

林滿這幾日一直在忙，平平便一直寄放在景家，景賦生本就喜歡小孩子，現在還因為別的目的要和平平打好關係，這幾日平平的吃飯、睡午覺都是由他親手照顧，這會兒景賦生還未下桌，他剛剛給平平餵了一碗蛋羹，聞言道：「現在？」

「是，鄉親們得了消息種子已經收好了，迫不及待的就來了，本來說要請武喬文和范齊林的，但你也知道他們兩家現在都焦頭爛額的，沒辦法，只有找你幫忙了。」

景賦生自然知道武家和范家的事，便道：「那我去吧，我現在身子已經無大礙了，妳先吃點東西，吃完了再來。」

「先過去吧，我還不餓。」

景賦生沈了臉色。「妳不吃，我便不去。」

林滿知道他這是關心自己，但現在她只想趕緊把種子分了，這是大事，笑道：「你不去，那我就不吃。」
景賦生眼沈沈地看著她，盯得林滿渾身不自在，無奈只得舉手投降。「好了我知道了，我吃點，總行了吧。」
景大娘已經盛好了飯，在他們說話間又快速炒了個蛋，給林滿端了上來。林滿吃飯快，毫無儀態地吃完，景賦生看碗見了底，臉色這才好看了點。
兩人出門前先去了東屋，夜晚冷，林滿給他找褂子，免得凍病了。景賦生從後面抱住她，用臉頰蹭著她的脖頸，開心道：「還是娘子好。」
林滿嘴角壓抑不住地彎出一個弧度，嘴裡卻道：「誰是你娘子，這位公子莫要胡說八道，毀人名聲。」
「小生毀了娘子名聲，那小生只能以身相許以示負責了。」景賦生的臉皮也是越來越厚了。
林滿轉身讓他站好，給他穿好褂子，眉眼間是難見的細膩與柔情，與在外人眼中的精明能幹相差甚遠。
景賦生握住她的手，嘴角也染了醉人的笑意。
林滿推開他，笑道：「沒個正經，快走吧，早點完事早點回家，現在已經是深冬，比不得之前了。」

兩人出了門，林滿囑咐平平要乖乖聽話，等娘忙完了就回來接她。

小丫頭已經長了些個子，小大人般地點點頭道：「我會乖乖的，妳要照顧好景叔叔哦！」

奶聲奶氣的，讓林滿忍不住發笑。

林滿與景賦生到了村長家，那裡已經聚滿了村人，院子已經擺好了桌子，點好了油燈，燈光不甚明亮，卻滿載了村中人的希望。

第四十六章

景賦生於桌前坐好，又將燈芯的光再撥亮了一點，而後便對村長示意可以開始了。

村長清了清嗓子，看著滿院的人朗聲道：「今天種子收好，想必大夥兒都知道了，來這裡都是為了分種子，盼著來年得個好收成，養一養家中老小的肚皮。不過在此之前，我先說兩句，希望大夥兒能聽聽。

「咱們這種子怎麼來的，大家都很清楚，喬文小子自己打點的關係，才得了幾個，剩下的都是滿娘自己出錢出地種出來的，今天分發種子，滿娘不收大夥兒一分錢，但希望大家能記住，人一輩子沒有誰該對誰好，以後莊稼能不能種出來，都是你們自己的本事，收成多了自然好，收成少了，也別往別人頭上怪。」

林滿訝異地看著村長，她萬萬沒想到村長竟然會幫她說話，心中感動不已。

景賦生低頭彎了嘴角，輕聲道：「謝謝滿娘。」

這話他周身的人自然也聽見了，趕忙接道：「對，要謝謝滿娘。」

頃刻，院子裡面均是向林滿的道謝聲。林滿一向臉皮厚，此刻也禁不住紅了臉龐，不知道是激動還是難為情。

待人們好好謝過，村長便繼續說道：「今天先分馬鈴薯種子，每戶能得的有限，希望大家好好保管，丟了可就沒有補的了。種子拿回去以後，可以先試種一、兩顆，畢竟是靈地種出來的，說不準就成活了，但也別覺得是靈地就肯定能活，一股腦兒就全部種進去了，所以地瓜藤先給大家少發一些，若是能活，再把剩下的地瓜藤發給大家，可明白？」

「明白。」人群齊聲道了一聲，不難聽出激動之情。

村長點點頭，對景賦生道：「開始吧。」

林滿讓大夥兒排好隊，一個領完了登記後按了手印再走，景賦生登記，林滿和村長和他兒子在一旁分種。

過程不難，地瓜藤和馬鈴薯如何種，先前各家已經去靈地學過。有村長坐鎮，分種也沒鬧出亂子來，十分順利，但就算如此，幾人也忙到了大半夜，村裡人竟然也不嫌累，沒人鬧著先回去睡覺。

林滿擔憂地看了景賦生一眼，可惜天色太暗，煤油燈又將他的臉映得不太清晰。後者感受到她的眼神，抬頭與她對視，微微扯出一個笑，示意她無事，林滿便放下心來。

當分完了最後一人，林滿幾人都累癱了，雖然不是什麼重活兒，但熬夜本來就傷神，而且中間也不曾停歇，還是十分辛苦。

村長的小兒媳蘭花瞌睡剛醒，便去給他們倒了熱茶，讓他們解解乏。

林滿和村長還有景賦生對著冊子上的人名，村裡大半人都來了，沒來的都是住得較遠的，沒有及時收到消息，離得近的便是武家、范家和白氏家了。

武家和范家正在鬧矛盾，自然沒空來，白氏估計是覺得沒有臉，不敢來吧。母子倆上次雖然挨了板子，但村民畢竟不忍下狠手，傷口看著厲害，其實就是嚇嚇人，養些時日就能好。

村長猶豫道：「白氏母子發不發？」

這件事林滿倒沒有猶豫，點點頭道：「既然村裡決定要給他們一次改過自新的機會，自然是要發的，還要麻煩村長跑一趟了。」

白氏母子雖說沒理在先，但人心就是這麼奇怪，就算是自己錯了受了罰，也說不定會記恨受害者。村長雖然不知道白氏母子恨不恨林滿，但尷尬肯定是有的，他便理解地點點頭。

至於武家和范家，林滿說她明天去送，住得遠的幾戶人家明天再怎麼著也能聽到風聲，自己就會來，倒是省事了。

商議完後面的事，林滿與景賦生便與村長告辭，村長年紀也大了，熬了這麼一宿精神已經不大好，而且實在太晚了，便也沒說客氣話，他讓自己兒子送兩人，林滿拒了。

「我與景大哥一道同路，沒什麼好怕的，你們一家子也熬了這麼久，都快去歇息吧。」

兩人結伴走出去，村長在後面默默看著兩人的背影，竟升起了一股說不出來的般配感。

林滿與景賦生沒有提燈，只能慢慢走，周身一片漆黑，偶爾有風吹過的聲音。

「小心腳下。」景賦生牽起她的手，握得緊緊的，宛如護著珍寶。

林滿任由他牽著，嘴角彎彎，眼尾都帶了甜蜜，笑道：「這路我天天走，熟悉得很。」

景賦生也跟著笑道：「我不熟，妳可不能鬆手了，萬一我摔著可就不好了。」

「油嘴滑舌。」林滿嗔了一句，卻將他的手反握，景賦生乘機將手指從她指縫穿過，十指相扣。

深冬的夜裡實在很冷，林滿心裡卻暖呼呼的，兩人有一搭、沒一搭地聊著天，不知怎地就聊到了景賦生的身世上，林滿便問道：「後面就算掙了銀錢，我們也不過是市井小民，你可有法子對付他們？」

景賦生的語氣冷冰冰，沒了先前的柔情密意。「妳說得對，我們不過平民百姓，硬鬥是鬥不過的，所以我必須要找到舅舅。」

「書信送不出去呀……」

景賦生突然就笑了。「以前是沒法子，但現在嘛……未必。」

林滿好奇地轉頭看他，景賦生感受到她的視線，解釋道：「邊疆雖然偏遠，但歷來往那兒做生意的商隊卻不少，異國物資與本國交換後拿回去，都能換成銀錢……」

「地瓜、馬鈴薯本就耐放，而且我們村是最先種出來的，若是往那兒賣，不僅能得到許多銀錢，還能不引人注意地將信送過去。」林滿瞬間就懂了。

「滿娘聰明。」景賦生讚賞地看著她，隨即反應過來現在黑燈瞎火的她又看不見，便用力捏了捏她的手。

「但是邊疆對這村子來說不過是傳說一般的地方，有人肯去？」

「村子裡面自然是沒有的，不過縣裡嘛，就不好說了。」

是了，以前沒什麼新鮮物資可以帶過去，何況路途又遙遠，但是出了這麼一個新鮮事物，說不定有人願意冒險，俗話說富貴險中求，不是沒有道理的。

林滿聽完，心中也跟著燃起了一些希望。

景賦生停下腳步，轉身面對她，將手抽出來，而後改將林滿拉進懷中抱住，問道：「滿娘可是害怕？」

林滿知道他問的是怕什麼。

那一家子是天潢貴胄，又是深宅大院裡殺出來的人精，手段心思都不是她能想像的，見了面後，說不定被人賣了還在幫忙數錢。

「怕呀。」林滿放心地依偎在他懷裡，小腦袋正好抵在他肩頭，說著自己的心裡話。「但是我想和你一起手刃仇人呀，你的仇人就是我的仇人，他們那麼可惡，將你們害得這麼慘，就該得到應有的報應。」

林滿不是聖母，並不想勸景賦生放下仇恨，好好過自己的日子。命都差點被人害沒了，還要去勸受害者心態寬點，怕不是傻子吧？

「滿娘……」景賦生心思湧動，林滿話中的字一個一個敲在他心上，激起澎湃的潮水。

林滿心中懂他，並且支持他，對他全心全意，讓他對她越來越沈迷。

景賦生修長的手掌扶著林滿的後腦勺，迫使她略仰起頭，而後毫不猶豫地低下頭吻了下去。

林滿不是第一次與景賦生如此親密，無人的時候他們總會悄悄地做出這些讓人臉紅心跳又甜蜜的舉動，已經很能適應，並且給出不錯的回應。

但現在的景賦生和以往不一樣，以前的他溫文爾雅，細膩繾綣，這次卻如那驚雷中的翻天雲雨，來勢洶洶又讓人無可奈何，霸道得很。

直到林滿快要缺氧，景賦生才撤開，兩人氣喘吁吁。

雖然看不清對方的眼神，林滿卻能感受到他狂野的情愫，沒有隱忍，她如入了狼口的小白兔。

「就算妳害怕……我也不會讓妳離開的。」景賦生又將她拉回懷中抱住，慢慢道：「妳如果想離開，我就……我就將妳栓在身邊。」

景大才子實在想不出什麼威脅的詞，只能這麼來一句。

林滿忍不住笑出聲，這人怎麼還突然病嬌起來了？

「好，我給你買條粗點的繩子好不好。」

景賦生被她逗笑，笑夠了才在她耳邊輕輕道：「哪捨得……」

兩人手拉著手回到了景家，平平還在景家睡著，她要去接人。

兩人到了籬笆門前才鬆了手，儘管景大娘和福娘對他倆的事情心知肚明，但還是要矜持一些。

景大娘一直等著他們，聽到門口有動靜便趕忙點起油燈，一出門剛好迎上兩人的臉，景大娘看著他倆一愣，脫口而出。「滿娘，妳嘴巴怎麼了？」

林滿跟著愣住了，這才感覺到嘴皮微疼，像是破了皮。她美目圓睜，立刻就意識到了問題。

景賦生你個大混蛋！這下真是丟死人了！

第四十七章

昨晚最後有多尷尬林滿已經不想再提。

景大娘那話出口後自己也一瞬就明白過來，快速轉過身子就當無事發生。

林滿越想越尷尬，儘管昨天夜裡睡得晚，但也沒多少睡意，是以今天一大早就醒了過來。

起床後給平平煮好粥，便又抱到景家去了。在景家的籬笆門外，她先小心翼翼地看了眼，恰巧碰到景大娘出來倒洗臉水，林滿面皮一紅，小聲地打了招呼。「景大娘，吃過早飯了嗎？」

景大娘笑嘻嘻地看著她，平時大剌剌的人此刻臉兒也知道皮薄，她怕嚇著未來媳婦，只能裝作什麼事情都沒有發生過。「吃過了，妳要是沒吃也來吃兩碗，我煮了小米粥呢。」

林滿道：「我也吃過了，今天平平還是放在您這兒，我忙完了再來接她。」

景福卿聽到她聲音，也跟著出門來。「今天我跟妳一起去忙吧，昨天夜裡你們辛苦了。」

林滿想著以後地裡的事都要讓景福卿單獨處理，讓她早點學會也好，便應下了。

景福卿給雙兒餵完奶，便和林滿攜伴出門，走出景家一段距離後，景福卿悄悄湊過來道：「這是給妳的。」一邊說著一邊往她手裡塞了個小瓷瓶。

林滿攤開手看了眼，問道：「這是什麼？」

景福卿臉上也帶了些不好意思，低聲道：「我哥給妳的，讓妳搽搽。」她指了指嘴唇。

對著景大娘這樣的長輩林滿會不好意思，但是對著景福卿這個同齡人，林滿便沒有這麼多顧慮，甚至還能略微發洩不滿。「也不知道收斂點……」

景福卿笑道：「滿娘說得是。」

兩人先去了村長家，昨晚林滿說好她去送種子，本以為村長還沒起，卻不想兩人到的時候，村長已經坐在屋簷下抽旱煙。

「村長怎麼不再睡會兒？」

村長將煙鍋裡的灰敲掉，回道：「年紀大了，睡不著，妳倆來拿種子的話就直接去倉庫裡拿吧，已經裝好了放在籃子裡，白氏那裡我兒子已經送去了。」

林滿與景福卿走進庫房，果然看見種子已經裝好了，剪過的地瓜藤蔓就算擱置了一夜，也還是青翠欲滴，看著十分精神。

兩人拿了種子，正往武家走去，走到一半，卻聽到有人大聲談論道：「哎喲，武家和范家鬧翻了，現在武家帶著范家當初下的聘禮去退親了！」

林滿與景福卿互看一眼，心中同時一驚，忙改了路線轉去范家。

兩人到范家的時候，已經來了不少看熱鬧的人，都是認識的鄉里鄉親，況且范家與武家在村中都是最看好的郎才女貌，怎麼突然就鬧翻了？

林滿擠進人群中，范家大門緊閉，但是卻關不住李氏高亢的聲音。「……你們武家是出了個捕快不假，但我兒子是秀才，見了縣老爺都是可以不跪的，真以為我們范家非攀扯你們武家不可？」

賈氏的聲音也跟著傳來。「現在妳兒子出息了，就嫌我家巧兒配不上了，我呸！就你們范家這狼心狗肺的，娶哪家閨女哪家倒楣！想當初你們范齊林在鎮上讀書吃不起飯，是不是我兒子把自己俸祿勻出來給他用的？不然他還有命考秀才，白髮人送黑髮人吧！」

「妳個爛嘴的竟然還咒我兒子？我兒子可是秀才，以後還要考舉人的，你們見了面都得叫聲老爺的，妳兒子能有機會幫助我兒子那是他的福氣！」

村中人聽著她們吵架的內容，都震驚了。

有人猶豫道：「這李氏也敢把那句話說出口？」

「以前我還羨慕武家找了這麼一個女婿，現在真是慶幸沒入了那狼窩裡。」

「這范家到底是個什麼意思啊？這是覺得以後更有前程，所以看不起武家了？」

「聽著倒是這麼一回事……」

人群還在議論紛紛，景福卿低聲嘲笑道：「這范家真是夠不要臉的，這話也能說出來。」

林滿點頭表示同意，為了攀高枝，連有恩的未來岳家都能拋棄的人，還有什麼情義可言呢？

「……我呸！你們一家狼心狗肺的東西是要遭天譴的，范齊林這輩子也就秀才到頭了！還想做舉人老爺？這輩子都別想舉起來了！」賈氏那張嘴也不是吃素的。

此話一出，周圍一片笑聲，想必門內的李氏和范齊林也都聽見了，不一會兒便聽見李氏氣急敗壞的怒罵聲，似乎還打了起來。

門外有好奇心重的人爬上附近的大樹，給看不見的人報告戰況。

「喲！李氏勁兒很大啊，……兩人抓頭髮了……被喬文小子拉開了……賈氏又撲過去了！」

一群圍觀群眾聽得心癢癢，只恨看不見。

屋內的人知道外面的人在看笑話，但兩家已經鬧得如此難看，也不在乎別人怎麼說了，左右不過是一張嘴叭叭叭。

屋內的人怎麼處理的不知道，反正沒過多久武喬文就帶著自家爹娘出來了，手裡還捏著一張紅紙，似乎是武巧兒的生辰八字。

大門突然被打開，一群吃瓜觀眾就這麼暴露在事主眼皮子底下，儘管出來的人臉色鐵青，仍舊有不怕死的人問道：「范家到底怎麼了？」

武喬文閉著嘴不說話，看見了旁邊的景福卿，臉色依舊沈得厲害，而後招呼也未打，便轉過頭離開了，只是離開前，林滿似乎在他眼裡看見了一抹堅定的神色。

武喬文不說，但是賈氏心中還有氣沒撒完，反正他們現在已經與范家恩斷義絕，范齊林這麼絕情的事情都能做出來，她還有什麼不能說？

「人家現在要做李員外的上門女婿了，好日子等著呢！我家巧兒屋裡屋外都是一把手，還會一手好繡活能賺銀子，可那又怎麼樣？我們地裡刨食的，配不上人家！」

賈氏這話說的，太有技巧了。

損了范家不說，還給自家女兒正了名，自家女兒可不是有毛病才和范家鬧翻的，反之，她家女兒能幹得很呢！

不過這個消息對這個小村子來說，確實勁爆。

誰家沒個兒女？本來說好的姻親，眼看就要成親了，結果因為另一方想攀高枝就被嫌棄了，這是人能幹出來的事？

一時間群眾議論紛紛，有跟著氣憤的、咋舌的、看熱鬧不嫌事大跑去到處說的，范齊林在村裡好不容易攢起來的那點名聲，一點兒也不剩了。

范齊林是讀書人還知道廉恥，不敢出來見人，李氏就顧不得這麼多了，反正她兒子馬上就要跟縣老爺搭上關係了，好日子等著呢，誰還在地裡刨食！

景福卿提著籃子，猶豫地看著林滿。「這種子還送不送了？」

林滿無奈地嘆了口氣道：「來都來了，送進去吧。」

兩人進了門，李氏看著兩人眉頭一皺，彷彿她現在就是舉人娘似的，氣派擺得足足的，但本身卻又沒那股韻味，有些不倫不類。

「妳倆來幹什麼？」

景福卿將籃子的東西拿出來，放在她面前，語氣毫無波瀾。「給妳分種子。」

李氏的眉頭皺得更深了，看著那點馬鈴薯和幾根地瓜藤，眉眼中都是不屑與嫌棄。

「放那裡吧。」

林滿兩人辦完事便轉身走了，范家做的事情太令人不齒，實在不想在這裡待下去。

兩人又去了武家，房門關著，看上去像是沒人在家。

林滿叫了門，出來應門的是武喬文。

不等他開口，她便道：「昨天夜裡村裡分了馬鈴薯和地瓜藤，你們沒來拿，我們給送過來，待會兒你在本子上按個手印。」

武喬文將東西放好，又按照兩人說的按了手印，林滿和景福卿收好東西就準備走，武喬文卻叫住了景福卿。

「福娘！」

林滿與景福卿都回頭看著他，武喬文看向林滿，後者立馬懂了他的意思，拿過景福卿手中的籃子道：「我去前面等妳，有什麼話好好說。」

想了想又低聲添了句。「遵從自己的本心，別想太多，看看我，寡婦也能再嫁呢。」

說完鼓勵地拍拍她的手，往路口走去，直到聽不見背後人的聲音。

景福卿是典型的古代女子，林滿不敢用自己的想法去指點她，但是她能看出來，武喬文是真的在乎景福卿，不然也不會蹉跎這麼多年。

她與景福卿是知心好友，林滿知道福娘還不能跨過心中的那道坎，只盼她自己能想通，他們一家子能接受自己一個二嫁寡婦進家門，為什麼不能對自己也寬容點呢？

先不說武家如何想，她只希望福娘在有機會的時候別留下遺憾才好。

景福卿回到林滿身邊的時候，眼角是掛著淚的，雙眼也紅得厲害，林滿趕緊把手絹遞給她，讓她好好收拾一番。

再抬起頭時，景福卿滿目璀璨，如滿坡盛開的細碎白花，清新璀璨不張揚，又讓人離不開目光。

只聽她道：「滿娘我想好了，我想……試試呢。」

她這句話，讓林滿也跟著笑了起來。

第四十八章

臘月初十，宜造屋動土。

林滿帶著幫工擺好案桌，燃了香，向四方神明叩拜以後，女神廟翻修事宜，便開始了。

林滿跟著在廟宇待了兩天，幫忙一些活兒，還要負責他們的飯菜，只盼著早日把廟宇修起來。

上次給村中分發下去的種子已經有人種上了，不過兩、三天的時間，竟然發了芽，這也說明，靈地裡種出來的菜可以直接放在普通地裡種，林滿狠狠鬆了口氣。

武家和范家的婚事告吹以後，兩家人都很少出門，武喬文什麼時候去鎮上也沒有人知道。

林滿想著，武喬文和景福卿兩人若是能苦盡甘來最好，不過這裡畢竟是古代，賈氏和武大叔那一關怕是就不好過了，是以這件事情她們兩個人便沒有讓景賦生和景大娘知道。

郝掌櫃在鎮上的店已經開張，林滿帶著平平去湊了個熱鬧，串串這一吃食打出去，果然是引了些人來，再加上林滿的辣椒醬，生意是越來越好，他臉上的笑容也越來越多，對林滿也越發客氣起來。

這日林滿正在景家和景賦生說話，前些時候景賦生說會去打聽看看百年前的靈地和女神廟是不是出過什麼事，已經有了些眉目。

「百年前確實有個人和妳一樣，種什麼、得什麼，只是人心不足蛇吞象，他有了這塊好地心裡卻不滿足，想著一輩子在地裡刨食沒有出息，便動了些歪腦筋，用這塊地跟官場一些人做了交易，謀了個五品官，結果上任沒多久，便出了地震這事。」

林滿聽完，心中要說訝異是有，要說在意料中也有。她有了這塊地之後，只想著怎麼賺錢，帶著村子發家致富，倒沒有旁的想法，她只嘆了一句。「他這一私心，倒是害得別人跟他一起受苦了，地震之中受災的那些百姓們，何其無辜。」

「我想，或許這就是為何我也能進去空間的原因，或許是能牽制住妳，免得重蹈覆轍。」

林滿想了想，道：「你這一說也是有幾分理，我記得是你毒發那次後才能進去，或許那次進空間是個引子，女神娘娘見你骨骼驚奇，是棵好苗子。」

景賦生笑道：「妳當是挑練武奇才？」

「反正理是這樣的。」

弄通了這個關節，發現並無什麼甚遠的意義，林滿一直懸著的那顆心便也放下了，她就怕這後面是有什麼不為人知的大秘密，看樣子女神娘娘果真是菩薩心腸，只想簡單守護一方安穩而已。

小蒼村現在家家戶戶都埋頭在種地瓜、馬鈴薯，這件事情自然也就傳得遠了，大蒼村和隔壁村子都跑來看熱鬧，都羨慕得緊，在小蒼村有親戚的人家還想去打個商量，能不能勻幾個種子，要賣也可以。村中的人提前被打了招呼，知道這個時候輕易賣不得，就拒絕了，只說自己家也才得了這麼一點，賣了的話自家也種不了。

來問的人都是沒有分到的村子裡的，聊了天也知道這種子是村裡的捕快弄來的，再由他們村子裡面的靈地種出來的，心中無不嘆小蒼村的小運氣。

也有那走其他法子的，讓自個兒村能說上話的人找小蒼村村長，商量著他們出錢，然後讓小蒼村的人給他們種點種子，村長雖然覺得這個是個賺錢的好機會，但也沒直接去找林滿，他有自己的思量。

村長知道，村裡的種子是林滿自己出錢出力種出來的，可以說是白給村裡的福利了，如果賺了別村的錢，那這個錢算林滿的還是村裡的？林滿是個生意人，現在好不容易攢了點錢又修了女神廟，停了地裡的菜生意沒了來源，那女神廟後面的修繕銀子，村裡能出得起嗎？如果他直接去找林滿說這事，這便是為難人家了，是以，村長最後還是拒絕了那人。

那人還想再勸，村長便道：「你別怪我說話直白，雖然我是一村之長，但那塊地是人家真金實銀買回去的，不應當由我做主，你找我是沒用的。」

那人聽完臉色便有些不好看，但也知道人家說的在理，最後也只能憤憤離開。

林滿知道這事後，有些高興，這地後面有人撐著，她現在可以放心許多了。

這日又到了景賦生去鎮上診療的日子，在景賦生就診時，林滿與景福卿便去了街上，除了買一些要用的東西外，還想去尋武喬文，景福卿給他做了一些日常的衣服鞋子，想給他送去。

結果兩人還未走到武喬文辦事的地方，便在半路碰著了他，他今天沒有穿那身紅黑紋的袍服，手裡還拖了一個包裹，臉色看上去也不太好，看見兩人一愣，而後走了過來。

景福卿問道：「你前幾日不是才休沐過嗎？怎麼現在又要回去？」

林滿本想留兩人單獨說話，武喬文卻攔住了她。「差事丟了，回去了就不來了。」

景福卿與林滿齊齊一驚，景福卿問道：「可是范齊林那裡又做了什麼事？」

武喬文點點頭。「他即將是李員外的上門女婿，和縣令也能算得上是半分親戚，對付我這麼一個小小的衙役，簡單得很。」

林滿氣憤道：「真是臉皮都不要了，自家做了虧心事一點悔意沒有不說，竟然還針對你。」

武喬文倒看得開。「沒了就沒了，只是妹妹的事才讓家裡折騰了一陣子，現在怕是又要因為我再難受幾天了。」

景福卿也是滿臉不平，問道：「那以後可有何打算？」

武喬文道：「回村子裡，以後也做點生意，只是……要委屈妳了。」

林滿這時候退開，讓他們兩個人慢慢說。

景福卿紅了臉，搖搖頭道：「我有何委屈的，我這輩子本就沒什麼追求，只要一家人安安穩穩地過一輩子就行了。」

她是經歷過事情的人，對什麼大戶人家的生活沒有一點嚮往，現在在小蒼村有銀子賺，每天雖然勞累點，但過得很開心。

武喬文剛剛丟了官職，兩人也沒什麼話好說，景福卿心裡雖然有些擔心，但見他的樣子並不難受，而且以後也有打算，便放下了心，問他要不要和他們一家子一起回去，武喬文應了。

幾人這下沒什麼心情逛街了，乾脆回到醫館等景賦生。

景賦生來做了幾次治療，再加上有空間水熬藥，身體以肉眼可見的速度好了起來，至少走路不會再三步一倒，說話也不再斷斷續續的沒了力氣，白上行都驚訝於他的恢復速度，說按照這樣繼續下去，不出半年就能清除毒素，這個消息讓景家和林滿都大為高興。

景大娘看見她們身後的武喬文，臉色一驚，但是沒有急著問，醫館不得大聲喧譁。

做完治療依舊是上午時間已過，林滿幾人便去了郝掌櫃在鎮上開的串串店好好吃了一頓，這是武喬文與景家幾人第一次串串，驚豔不已，可憐景賦生才做完治療，只能喝郝掌櫃特地熬的瘦肉粥，動不得那些吃食。

林滿看他乾巴巴地望著，在桌下悄悄捏了捏他的手，低聲道：「等你好了，我專程做給你吃。」

景賦生臉色這才好看點，嘴角彎起一道淺淺的弧。

最後結帳是趁幾人起身不注意的時候，武喬文偷偷付清的，景大娘便責怪讓他破費，他現在俸祿本來就不多，應該攢起來才是。

武喬文便說了自己捕快活兒丟了，過了這次也不知道什麼時候才能請他們吃一頓。

景大娘聽了這話嚇了一跳，待得知是范齊林在後面做的手腳後，氣得牙癢癢，但她又罵不出難聽的詞彙來，只能絮絮叨叨說了一路。

要說景大娘對武喬文是真有那麼幾分心疼，且不說他小時候愛來自己家裡玩，對他本來就親近幾分，自己家有事的時候，他也是毫不猶豫地出手幫忙，又為村子做了這麼多好事，可惜好人沒好報，遇到范家那麼噁心的一家子，這事一出，不知道村中又要怎樣議論了。

景大娘沒有料錯，武喬文丟了職位這事在村子裡確實掀起了一股風波，畢竟武喬文是村子裡公認的能幹體面人兒，先不說武家如何傷心難過，村子裡面一群人也大呼可惜，比自家兒子丟了這樣的好事還難受。

還有人議論道：「這范家真是一人得道、雞犬升天，你們昨天看見李氏那模樣沒？恨不得把眼睛都放頭頂上了。」

「我呸，那婆娘可得意了吧，自己兒子給人當上門的女婿，不知道得意什麼？」

「這村子今年是怎麼了，接二連三的出大事。」

「就是，等女神廟修起來，我先趕緊去拜拜，去去晦氣。」

一群人怎麼議論的，林滿不關心，她這邊天天都在女神廟守著，現在大蒼村的人也知道跟著小蒼村有肉吃，有不少人來打聽做生意的事，林滿以前跟村長提過兩村合作，便讓他們去找村長商量。

兩村達成了協議，女神廟下坡那塊空地也能用來做生意，攤位都劃分好了，消息知道早的，趕忙訂了位置，後來的便只有等著以後撿漏了。

據說李一家聽說了這事，還想去找景家託託關係弄個位置，差點沒被景大娘一掃把糊臉上。

「什麼玩意兒！臉大如盆，竟然還敢找上門？下次再來我就潑他一臉洗腳水！」

景大娘跟林滿抱怨個不停，差點沒氣死，林滿和景福卿好說歹說才讓她順了氣。

年關將近的時候，女神廟的工程已經動了大半，而恰巧村子裡第一波種的馬鈴薯、地瓜已經成熟了，林滿跟著做了實驗，這次從普通土地裡種出來的種子如果再種，效果也一樣好，而後村中有地的便全把種子下地了，等熟了還能趕在過年的時候吃一頓呢。

不過讓林滿意外的是，武喬文和賈氏在這個時候來找她，還帶著禮物，慎重得很。

武喬文道：「我知道林娘子靈地的厲害，便想著煩請林娘子幫個忙。」

林娘道：「武大哥不用那麼客氣，有什麼話便說吧。」她沒有直接應下，畢竟事關靈地，她不得不謹慎，但是聽了武喬文說的話，林滿十分吃驚。

武喬文竟然想包兩天靈地，全部種成馬鈴薯、地瓜，然後拉去邊境賣。

林滿被他這個大膽的想法嚇了一跳，問道：「武大哥怎麼突然會有這樣的想法？那可是邊境，不是縣裡鎮上這樣的地方，路途千里之遠，你孤身一人怎麼能成？」

武喬文嘆道：「不瞞林娘子，福娘之前對我提過這麼一嘴，說是這些東西拉去邊疆是能賣個好價錢，說不定還能帶著大家致富。我也是這幾日才細細想過的，先前讓家裡人受辱，說白了是因為我沒有本事，既然有這個機會，為什麼我不來試試呢？」

林滿目瞪口呆地看著他，賈氏見狀接著道：「我們一家子本是不想他這麼苦，但這個孩子天生脾氣倔，我們攔也攔不住……」

她頓了一下，眼中含了淚，神色複雜地看著兒子。「……說再多也沒有用，只能來請滿娘給我們一個臉面，我們種完一地就不種了，這兩日工人的工錢和種子費由我們出，還會給妳租金，妳看看，要多少合適？」

林滿想了下，武喬文這是被家中接二連三的事情刺激到了，他本就是熱血男兒，想闖蕩也是正常，況且人家父母都同意了，她便也不勸，道：「如果租給你們，以後別人看見了有一就有二，那我自己也種不成，東西還是我來種，到時候成本價賣給你們，可行？」

武喬文與賈氏知道她的顧慮，怕他們開了頭，以後別人都來效仿，這是給林滿添麻煩，便應了。

母子倆一通千謝萬謝，林滿不要他們的禮物，但兩人說什麼也不願意拿回去，林滿只得收下。

林滿問了什麼時候準備去邊疆，武喬文卻道年前就走，今年連年都不在家裡過了，他也不是一個人去，衙門裡有兄弟受他牽連也沒了職務，恰好他兄弟有親戚在縣裡開的武館，聯合了幾個人一起，算下來也有五、六個人，他們會走官道，路上再跟別的商隊一起走。

見他們都安排好了，林滿再多的話也沒有了，便道讓他好好準備行李，等地裡的菜收了就下種。

武喬文母子一走，林滿便迫不及待地去了景家，找了景大娘母子三人，說了武喬文此行。

景福卿反應是最激動的，當時就嚇得站了起來，瞳孔都張大了幾分。「他這是……要去做什麼？他什麼都不懂就敢去闖？滿娘妳竟然也敢答應？」

景賦生和景大娘看了她一眼，景福卿這才意識到自己反應過激了，忙坐下，臉上因為激動生出幾分紅暈來。

「男兒志在四方，范家本來一直依附著他們，他們一家子掏心掏肝地好，結果卻是農夫與蛇，俗話說富貴險中求，他這是氣得急了。」景賦生如是道。

林滿跟著道：「他不是一個人去，而且都做好了準備，總得要踏出這一步的。」

景福卿都快落淚了，若不是娘、兄長在這兒，她真是想直接衝到武喬文面前，看看他腦子都裝了些什麼！

景賦生道：「而且這對我們來說也是個好機會。」

景大娘一下就反應過來。「你是說讓他帶信？」

景賦生點點頭。「正是。他對我們一家熟悉，如果能到達邊疆，將信交給舅舅的機率也更大，如若不能，再想其他法子。」

景大娘看了一眼女兒，自家肚子掉出來的肉，她一個動作都能知道要幹啥，當娘的能怎麼辦？斥責她嗎？如果小兩口是你情我願，賈氏那邊又沒有意見，她比任何人都希望能成。

「妳與其在這裡傷心，不如多做點路上能用的東西，邊疆寒苦，多給他做兩件衣裳、兩雙鞋比什麼都強。」

景福卿臉上激動的紅暈瞬間消失，換上一片蒼白，而後又換回紅暈，這次，卻是羞的。

「不跟你們說了。」她知道與武喬文的事算是捅出來了，在這兒坐不下去了。

第四十九章

不過就算武喬文再怎麼急，一番準備下來也是要費不少時間的，畢竟路途遙遠，不是一時半刻就能準備好的。

林滿把種好的馬鈴薯、地瓜收好後放在空間，等武喬文要出發的時候再給他拿出來。

女神廟的進度也快，畢竟是簡單的翻修，不像其他廟宇那般還要修許多廂房，倒用不了多長時間，緊趕慢趕，好在在年前竣工了。

廟宇暫未開放，已經有聽到風聲的人來祭拜，不得已，林滿只得讓村長先找人將廟宇守著，怕犯了忌諱。

景賦生的身子也大大好了起來，白大夫道以後只需要七日去一回便可，這個好消息讓幾人都露出了笑容。

林滿還提了一個不情之請。「我有一個朋友，她與她夫君成親多年都沒有孩子，看了許多大夫，吃了許多藥都不見好，不知道白大夫能不能抽個空給她瞅瞅，要是可以，我下次便將她帶來。」

這個不算什麼事，白上行以前在宮裡不知道為多少想求子的娘娘貴人看過，許多達官貴人家也免不了也這樣的情況，便應了。

幾人看完了病便一起在鎮上閒逛起來，這還是第一次一起逛，無意逛到李家的宅門前，卻見門口掛著紅燈籠，一眾下人忙進忙出，幾人對視一眼，心中都想到了一塊兒去——

過年的紅燈籠上可沒有囍字。

林滿與景大娘幾人臉色都不大好看，正準備離開時，卻見宅內走出一人，可不正是范齊林？

范齊林也未想到一出來就見到他們，愣了一瞬，而後揚起了笑容，上前與他們打招呼。「林娘子和景兄既然來了，不如進去喝幾杯茶？」

他面色自然，似乎並沒有因為自己幹了一件不道德的事情而受影響。

景大娘側過臉，話都懶得與他說，景賦生笑著開口。「不了，不過碰巧路過罷了，你喜事將近，我們就不叨擾了。」

范齊林見他的態度與往常無異，沒有因自己棄青梅而有所鄙夷，但也沒有因為自己攀了高枝而多一分討好，心中竟有些不是滋味。

心中這麼想著，臉上就帶了點出來，他眉頭微皺，嘴角依舊笑著。「多謝景兄，以後若有需要幫忙的，儘管來找我。」

此話一出，林滿幾人本就冷淡的表情就更冷淡了。

景賦生笑出聲。「范兄說笑了，景某不過是一介草民，應當是沒有事能麻煩范兄的，范兄莫要說笑了。」

這下話語中的嘲諷是明明白白地擺出來了。

范齊林的臉色一下難看起來，若不是讀書人的那點修養還在，怕是當場便要罵起來，但最後還是忍不住譏笑道：「景兄清貴，自然是不會與我這般渾濁的人混在一起，就連寡婦都比我強得多。」

所有人的臉色都不好看了。

景大娘轉頭便要罵，卻被林滿拉住。

林滿面色如冰，卻還能擠出一抹笑，只是裡面帶了許多不友好的意味。「范大哥倒是有自知之明，畢竟我就算是寡婦，那也是清清白白的，一沒拋夫棄子，二沒恩將仇報，三沒自不量力，可不是要強得多。」

她一字一句往范齊林心上捅，不就是耍嘴皮子？誰不會？

「妳！」范齊林臉色脹紅，咬咬牙冷哼了一聲，轉頭又回了李宅。

「什麼東西！」景大娘忍不住道：「真是過了幾天好日子連自個兒姓什麼都忘了，

都是一個村裡出來的，裝什麼城裡人！」

景福卿道：「您和他置什麼氣？氣壞了身子不值當。」

林滿道：「福娘說得對，別理他了，不是還有年貨沒有買？看看還缺什麼，置辦些集上沒有的，今年好好過個年。」

年關將近，一行人便想著鎮上東西好、種類也多，不如乾脆在鎮上置辦一些精緻的，今年兩家手裡都有點銀子，別像往年那般虧待自己。

一群人回到村裡的時候天色剛黑，張石匠過來找林滿，告訴她女神廟還有半個月便可竣工，讓她把該準備的事宜都準備起來。

半月後，恰好便是過年。

武喬文收拾好了行李，怕娘不放心，還將一同上路的同伴帶到家裡來讓娘過個眼，並保證自己一路上都會按時往家裡寄信，賈氏這才忍著不捨將人送走了。

去邊疆的隊伍自有幾套馬車，這是在縣裡租的，租金不菲，但為了安全，一行人還是忍痛租了下來。

武喬文要去邊疆的消息也這麼在村子裡面傳開，聽說他是去賣馬鈴薯、地瓜的，心中不禁都有了些期望，希望他真的能賣出好價錢來，這樣等翻年到時候大夥兒好好一種，就是白花花的銀子，今年種的這些，不過是能吃個飽飯罷了。

就這樣，武喬文帶著全村人的期望出發了。

臘月底，女神廟終於完工了。

于大叔與他兒子在河邊掌船，將看稀奇的村民們挨個兒、挨個兒運到河對面去看熱鬧，今天是大家高興的日子，父子倆便不收大家的銀子，只圖個樂呵。

林滿、景家、村長和里正一群人卻是很早便去了女神廟，他們有更多的事情要忙。女神娘娘的尊像已經穩穩當當地立在廟宇中的高臺之上，廟內寬闊，已經在女神像面前供上了瓜果，牆上周圍裝飾著金色布幔，廟門前還有新栽的桂花樹，上面掛了些許紅綢。

桂花樹再往前便是用來燒香蠟的架子，左右各擺了兩排。

女神廟既然開放了，那麼先前有想法要做生意的便可以擺攤了。最開始來交訂金的人沒有來看過攤位，村長怕以後鬧事，後面只要來交訂金的便先帶著把位置看了，覺得可以再簽協議。

開廟當天來的人不少，村長本還想請個舞獅隊，但是又怕不妥擾了女神安寧，便忍下去了。

白上行也被景賦生請來了，他本是不信這些的，但是有林滿與福娘的靈地在前，心中便好奇起來，乾脆閉館一天來看個熱鬧。

周氏的攤子是最顯眼的，上面賣著林滿教她的吃食，以前集上她就賣過不少，許多人都認得她，知道味好量足，玩夠了便來買些吃，別人見了便也跟著好奇湊過來買著嚐，生意好得不得了。

林滿又打造了一副燒烤道具，擺在和大蒼村合作的那塊空地上，村長本想給她重新勻個好位置，被她拒絕了。「我這個煙太大，就不去占那些位置了，反正在哪兒都有生意做。」

她這話倒是不假，燒烤攤子現在已經打出了名聲，連鎮上也有不少人特意來嚐的，酒香不怕巷子深，一定賣得出去。

今天雖不是過年，但卻勝似過年，這樣熱鬧的景象倒有些出乎林滿的意料之外，想著再觀察幾天看看，若是客流量一直這樣多，說不定以後會有遠道而來的富豪鄉紳來參拜，到時候可以在村中做些其他生意，比如客棧之類。

忙碌了一天，村中大多人都累了一天，提前支了攤的人賺了銀子，心中自然美滋滋，早早歇下，那些沒占攤位的此刻再後悔卻也來不及，現在那地方已經挪不出位置了。

時間稍縱即逝，林滿來這裡的第一個年便到了，天空洋洋灑灑地落起了雪花。

釧縣已經許多年沒有下過雪了，俗話說瑞雪兆豐年，這場小雪給小蒼村帶來了許多驚喜，便有人道：「女神廟建起來就下了一場好雪，明年定是一個順順利利的豐收年。」

平民百姓沒什麼大盼頭，只要整年風調雨順，填飽肚子比什麼都強。

景大娘和周氏都邀林滿年三十去家裡吃飯，林滿知道她們是好心，怕娘兒倆在家中孤獨，特別是周氏，自從帶她去鎮上看過白大夫以後，對她就更熱情了，不過林滿都拒了，今年她只想好好在家陪平平過個年。

中午她做得豐盛，雖然就一大一小兩個人，她卻還是雞鴨魚肉樣樣擺齊了，給自己準備了一小杯果酒，給平平熬了豆漿，吃得肚子圓滾滾。

到了下午，拿上備好的紙錢香燭，帶著平平去給沈家列祖列宗上墳敬香，林滿雖然是個外人，但還是忍不住絮絮叨叨地對著沈郎與沈大娘的墳墓說了許多話，大多是講了家中的變化，添了哪些新家具，翻新了牆瓦，就連茅草房都改成木屋，平平也越來越可愛……

小孩子不懂生離死別，只知道自家爹爹和奶奶在這下面睡覺，林滿叫她喊人她便喊，叫她磕頭便磕頭，一派天真無邪，乖巧得很。

古時的晚上沒有節目看，富庶的地方會邀請舞獅隊或者戲班子來熱鬧一下，但小蒼村剛剛起步，攢下來的錢都在林滿的建議下拿去修路了，不過村長自己倒是請了伶人在初一的時候表演，女神廟這段時間香火雖說不是鼎盛至極，但是人來人往的也不少，初一又是燒香拜佛的好日子，自然是要熱鬧的。

林滿想了想，便和景大娘、武家和周氏商量了一下，要不要請個舞獅隊一起跟著鬧一鬧，這幾家在村中算是比較富足的，林滿現在的賣菜生意做得遠，武大叔乾脆把自己的牛車騰出來，專門給林滿送貨，幾家的感情倒是拉近不少。

武家雖然把家底兒都投在武喬文身上，但是他們家這段時間在女神廟跟著林滿賣吃食，也賺了些銀子，生意想繼續做下去，他們一家子比誰都希望女神廟熱鬧起來。

林滿的麻辣小魚仔配方就是賣給了賈氏，武巧兒現在天天在家也不繡花了，就做這門吃食，賈氏和武大叔只要自家寶貝閨女開心，做什麼都依她。

包好明天要吃的餃子，平平跟著玩鬧了一會兒，弄得滿臉都是麵粉，活脫脫一個粉面娃娃，惹得林滿想欺負她。

「嫂子。」桃花從門外走進來，帶著些不好意思，林滿招呼她進來坐。「這個時候了怎麼還不歇會兒？晚上不守歲？」

「要的。」桃花進來後，林滿看見她手上捧著一個小盒子，問道：「這是？」

桃花把手裡的盒子遞給她。「因為嫂子，我才能擺脫被賣的命運，現在家裡都指望我給妳幹活的銀子呢，這是我一點小小的心意，還請嫂子收下。」

林滿訝異地看著她。「我不過是找幫工幫忙而已，哪值得妳這麼掛念？這麼做可見外了。」

桃花笑了笑，她是跟著林滿幹活兒以後才知道，原來女子也是有本事掙銀子的，她雖說才十三歲，但翻年就吃十四的飯，也可以說親了，就算父母想留她也留不住幾年，她掙的錢自個兒捏在手裡，誰也不給，逼急了大不了一哭二鬧三上吊，她父母現在也不敢逼她，怕逼急了最後那點孝敬錢都不給了。

她沒有多說那些家裡的廢話。「這個是給平平買的小玩意兒，妳一定要收下，不然我這良心過不去，明年還要跟著妳繼續努力呢。」

聽她這麼說，林滿倒不好再推辭了，古代尊師重道，雖然她並不覺得自己是桃花的師父，但在桃花眼裡她卻有這樣的地位，乾脆收了下來。打開一看，是兩個指甲蓋大小的銀鈴鐺，上面還刻了平平的名字，可見十分用心。

林滿笑道：「明天給平平紮雙髻正好。」

桃花見她收下了，肩膀鬆了下來，嘴角的笑也擴大了幾分。

年三十有守歲的習俗，但林滿只是一個凡人，又沒有人輪著替她做事，算著時辰卡著點，想著到點了便睡，四捨五入，也算守了吧。

平平熬不住，林滿便讓她去睡了，她一個人坐在屋中，看著從景賦生那裡拿來的一些話本打發時間，正看得起勁，突然聽到窗戶被人叩響，嚇了她一跳。

林滿第一反應是桃花落了東西，便趕緊起身去開門，卻見屋外一個人都沒有，只是窗下多了一樣東西，也是個盒子，一寸寬筷子長，在黑夜中看不清楚。

她心中好奇，四處打量了一下，再次確定了一個人影也沒有。林滿將盒子撿起來拿進屋裡，打開盒子一看，裡面靜靜躺著一根白玉簪子，上面簇著一團細小的花叢，十分精緻漂亮。簪子下方還壓著一張紙條，簡單地寫著「瑞雪祈新歲，安寄一相思，與卿同樂」。

沒有落款，但這字跡林滿確實一眼就認了出來，再熟悉不過。

她嘴角帶了笑，自顧自笑道：「敢送不敢現身，膽小鬼。」

不知道哪裡放了新一年來臨的煙花，在空中炸響，在背後綻開一朵絢麗的花。

第五十章

初一清晨，林滿起了個大早。

煮了一碗昨天包的餃子，收拾完廚房，便將自己和平平收拾一新。

平平現在已經是白白胖胖的小肉團子，穿什麼都很可愛，林滿特地給她買了一身粉襖子和褂子，本想買大紅，但想著還有半年孝期才過，還是別招搖得好。她自己則是以淡藍為主，她皮膚好，襯得整個人更是年輕，頭上戴了那根白玉簇花簪，配得剛剛好，而後給小不點發了個紅包。

帶著平平去女神廟時，路上也有不少人正朝著那方向去，現在村中的人看見林滿都要與她打招呼，再看林滿和平平這一身打扮，哪裡還有當初半分的窮酸模樣？心中個個羨慕不已。

李氏也在一旁，咬了咬牙，哼了一聲。

女神廟外已經空了一大片空地出來搭好了臺子，伶人正在旁邊開嗓子，舞獅隊已經熱熱鬧鬧地舞了起來，人群中時不時的爆發出陣陣叫好聲。

林滿在人群中隨意一望，一眼便看見了已經到了的景大娘一家，正準備上去打招呼，卻見景賦生就如後腦勺長了眼一般，一下朝她望過來，目光在看見她頭上的簪子時，嘴角以肉眼可見的速度上揚。

他今日穿了月白交領衫，外套一件藍霄廣袖，與林滿這身衣服倒是不謀而合，看著像是故意一般。農家很少有人像他這樣穿，這一身突出了他的身量，擔得起陌上如玉這一詞，廟前已有不少妙齡少女紅著臉頻頻看向這邊。

她走過去，和景大娘還有福娘打了招呼，互道了些吉利話，林滿便從袖子裡掏出一個紅包給雙兒，小丫頭見到紅紅的東西就喜歡，咧著嘴笑得無比開心。

景大娘也從懷裡掏了一個厚厚的紅包出來，比林滿拿出來的那個厚了一倍不止，林滿忍不住驚愕地看著她。

景大娘低聲笑嘻嘻道：「有些人現下不方便另給，一起呢。」

這聲音再低也能讓一旁的景賦生聽見，他握拳抵唇，不自然地咳了一聲。

林滿笑著收下了，又教平平對景大娘母子三人說了些吉祥話，奶聲奶氣的小姑娘逗得幾人哈哈大笑。

那邊舞獅已經結束，伶人正在臺上唱著國泰民安的調子，眾人的注意力瞬間被吸引過去，景賦生悄悄湊了過來，與她並排站著，外人望去竟是說不出的登對。

林滿側目看了他一眼，沒有說話。

景賦生微微歪頭，低聲道：「過了年，就讓我娘去提親吧。」

林滿想不到在這麼多人面前突然提到這事，心臟怦怦直跳，她算著守完孝也差不多夏天以後了，婚事安排在下半年，也不耽擱守孝，便點了點頭。

景賦生見事成，嘴角的笑更是抑制不住，整個人都輕輕抖了起來，而後又想到什麼，低聲咕噥道：「妳戴這簪子很好看。」

明明是誇她的話，卻被他說出幾分委屈來，林滿腦子一轉，便明白過來，這是跟她抱怨沒回禮呢。

他的新年禮物林滿自然是早就備好了的，但此刻偏偏不跟他說，只道：「你現在可是村裡炙手可熱的人物，想給你送禮的小姑娘多了去了，只要一開口，不知道多少人爭先恐後地給你送來。」

景賦生的身子現在已經大好，再加上景家現在賺錢勢頭也足，早就被人盯上了，有些動作快的都已經找中人說合了，結果當然是沒有成的，林滿也只是調笑他一句罷了。

「我不要別人的，我只要妳的。」

他說得認真，林滿也知道分寸，逗人逗一下就行了，逗出火來可不好收拾，便道：「晚些時候給你。」她本想著做個新奇的小玩意兒，但反應過來古時候香囊對另一半才是好東西，便乾脆做了一個香囊，想著找個合適的機會再給他。

景賦生這才滿意了。

初一這天比往常還要熱鬧，勤快的也擺著攤子，賺了個滿缽，笑得眼睛都看不見了。林滿細細看了來女神廟的人，果然有許多穿著華貴的人也來了，只是似乎是不大習慣這般狹小的廟宇，動作十分拘束。

林滿又往廟內走去，不少民眾正在參拜，求什麼的都有，廟內主持香火的是村長的小兒子，林滿與他共事過幾次，對他很是放心。

這個年過得順暢又如意，小蒼村已經許久不曾這麼熱鬧過了，大年過去以後臉上都還帶著笑，彷彿這一年都會順利不已，什麼也不擔心。

年過完，便是春種的時候，農家這個時候都要忙起來，就連林滿也不得停歇，幫工們只能農閒時來幫忙，春種是一年大事，自然不能耽擱。

林滿年前的打算是少做一點生意，畢竟她和福娘兩個也忙不過來，但沒想到生意太好，每天催貨催得急，無奈只能急病亂投醫，到集上和大蒼村去招人，就連鎮上都跑了一趟。加上林滿研究出了地瓜粉，在村裡搞了一個小作坊，需要更多工人，這下一下來了許多外村人，他們在這兒做工回家不方便，便又有了借宿，腦子反應快的，趕忙收拾出幾間房間，租了出去。

工人畢竟有限，但有人發現，家中好好收拾收拾，可以接待那些遠道而來拜廟的人，供住一晚，再包兩頓好吃好喝，也能賺一些錢，於是春耕忙完後，村中竟然掀起了一股修房熱潮，忙得張石匠腳不沾地，到處找幫工，於是又有外村人來做工又要租房……

村長怕村中亂套，又安排了輪流巡邏的小隊，給工資，不少壯年男子都踴躍報名，村子這一下來，倒有點像鎮上的繁華景象了。

女神廟建成後，或許是因為有了香火的供應，空間的地居然擴大了，連靈地也跟著擴寬了不少，幫工們常在地裡忙活，這樣的變化自然瞞不了，林滿便又去找村長丈量了一次，竟然多了兩畝出來。

原來的契約是要重新簽了，有人想趁這個機會動點手腳，除了村裡村外的盯著，鎮上那位李員外也不放過。

范齊林已經與李家小姐完婚，他雖然在鎮上讀書，但是對村裡這塊靈地的事卻也清楚，自然是事無鉅細的告訴了自家岳父，能不讓那李員外眼紅？那李員外派了人來找村長，竟然開出一畝十兩的價格，但村長知道這地認主，別人根本拿它沒辦法，自然是沒有得逞。

那李員外自然是不信的，但是卻又死活說不通，范齊林便通過他娘李氏來斡旋，結果他太高估自家娘了，現在的李氏比以前還目中無人。李員外還知道開高價來買，李氏話裡話外都透出一股「你們不識好歹」的模樣來，差點沒把林滿和村長氣笑了，心嘆果然是個沒什麼見識的婦人，做了個縣令的十八線親戚就覺得了不得，後來一見她人就乾脆閉門不見，任由她鬧。

林滿重簽契約時，乾脆把所有的地都放到了景福卿名下，一則這是以前兩人就說好的，恰好林滿除了生意要照管，還要看顧女神廟，實在分身乏術。二則是那李氏先前也去景家想說服景福卿，結果被景大娘一盆洗腳水澆了個透心涼，景大娘與李氏開罵自然是拚不過的，她比較喜歡直接動手，現在景家已經不是靠景大娘一個人撐著，李氏雖然有兒子在後面，但遠水救不了近火，一時半刻竟拿景家沒有辦法。

景福卿倒沒說什麼，末了卻悄悄道：「滿娘太狡猾了，明明哥哥也能進空間，這契約放在我這裡，下半年等你們成了親，還不是你們的。」

林滿眨眨眼睛道：「靈地空間有你們景家管，我才虧好不好，再說等妳嫁到武家，這地契一拿過去，可就不姓景了。」

是的，林滿已經與景賦生訂了親，景福卿也與武喬文訂了親，兩家的親事就安排在中秋過後。

說起來他們兩家訂親這事在村中也熱鬧了一陣，兩家天天共事，有些人早就瞧出苗頭不對，就算林滿現在和景家越過越好，也避開不敢去提親，有些反應遲鈍點的，自然是怕錯過這樣的，現在什麼二嫁、三嫁都管不了了，林滿那雙生錢的手可是所有人都親眼看見的。

景家就更不用說了，一個俊朗會讀書條件又好的男兒，一個雖是和離但又能幹、又漂亮的女兒，年後許多人都有了動作，景大娘後來乾脆啥都不幹了，就抓把瓜子坐在屋簷下，見著像是來說親的，不等別人說話就直接開口。「不娶，不嫁，名花有主，請回。」

說得能一天喝一壺水。

林滿聽聞這事忍不住笑了許久，竟然不知道景大娘是這般好玩的人。

既然都說「名花有主」了，自然也就好奇是哪個主，景大娘也沒讓人失望，在眾人心中好奇心到達頂點的時候，拿著禮物託周氏為兩家說合了。

周氏是早就瞧出苗頭不對的那一方，聞言也不驚訝，不過就是跑個腿走個過場的事，她也十分樂意撮合，很快便將事情辦妥。

林滿與景賦生訂親這事一傳出去，有些人跌破眼鏡，有些人不忿背後說碎話的，也有一副「果然如此」的模樣。

再說武喬文和景福卿的婚事，就不如林滿這般順利，差點又重蹈覆轍，險些錯過。

景家兒子沒了，不是還有個女兒嗎？家中有兒子的依舊不願意放過這塊大肥肉，景大娘知道女兒還在等武家那小子，穩如泰山，男方條件有多好都不應，漸漸地起了一些閒話，說景家女兒不過賺了些錢便目中無人了。

這個時候武喬文恰好寄回了一封家書，這是他走後寄回的第一封家書，武家一家不識字，乾脆就找景賦生幫忙唸信，結果信一唸完，兩家都尷尬了。

武喬文走後心中不安定，福娘在外人眼中或許有瑕疵，但在他眼中確實千般萬般好，怕又有人捷足先登，趕緊給家裡寫了封信，那些不好當著父母說的心思全寫在了信中。

他問候了家中安好，又道了一路平安即將到達邊疆，而後便細細提起想娶福娘的心思，先自責了自己當年膽小不自信，又後悔錯過好姻緣，只想這輩子再無遺憾。

要問賈氏怎麼想？

若說以前，賈氏定是毫不猶豫地將這事應下來，但現在不一樣，福娘雖然是和離，但畢竟已經有了孩子，她自然是沒有再想過兩人有什麼可能，若是自家悄悄看了這封信便罷了，但偏偏是景家跟著一起看的，這就尷尬了。

誇福娘，像是迫不及待要娶人進門。說福娘不好，怎麼可能？先且不說景大娘的掃把和洗腳水有多厲害，她心中也並不覺得福娘不好。能幹、漂亮、善良，對長輩好，樣樣都好，可就是已經結過婚的，這是賈氏心中的一道坎，沒那麼容易跨過。

後來她僵著笑，什麼話也說不出來，怎麼回去的都不知道。

景大娘看賈氏那個樣子，就知道波折大了，無奈地嘆口氣，先前是準備死守著嘴巴，等武喬文回來再說。但賈氏這個樣子讓景大娘也沒什麼信心，嘴上不說，但再來提親的人她也沒有咬著牙關不留餘地了。

結果誰知道，才過去半個月，賈氏不知道受了什麼刺激，竟然提著東西，也是找了周氏，讓她去說合了。

這下別說周氏，就連景家都懵了。

「巧兒說得對，結親是結兩姓之好，以後日子是孩子們自己過的，我們總有老的一天，不可能為他們操持一輩子。」這是賈氏的原話。

眾人這才明白過來，巧兒波折的婚事給了武家當頭一棒，結婚還是要看人品，福娘的品性是全村有目共睹的。

於是，景大娘一下就解決掉了兒女婚事，想想去年因為女兒和兒子的未來，她暗地裡不知道流了多少眼淚，交換完庚帖後，她竟然還生出一種不真實感了。

春耕已過，整個村子忙碌得像脫了一層皮。

一輛低調的馬車緩緩駛進村子，村中人以為又是哪個達官貴人來拜廟，見慣了這樣的場景，都已不稀奇，若要說真有什麼稀奇的，便是馬車前那位騎著駿馬的男人。

他鬍鬚已經斑白，但整個人卻是精神奕奕，雙目炯炯有神，滿面正氣，眼中又帶了幾分凜人的懾人氣魄，宛如戰場上剛剛拚死歸來的將軍，讓人不寒而慄。

男人下了馬，拱手問道：「敢問小哥，請問景家如何走？」

他聲如洪鐘，儘管語氣已經儘量柔和，但被問路的人還是忍不住抖了一抖，心中奇怪這人不去拜廟跑來問景家做什麼，嘴上卻道了位置，還指了指，最後乾脆道：「我帶你們去吧。」

那男人眼底閃過一絲激動與悲愴，語調竟然在微微發抖。「多謝小哥。」

第五十一章

男人跟著村人一路前行，村道阡陌縱橫，馬車是過不去的，村裡雖然有修路的打算，但是一時半刻也不能修好，馬車中的人只能下車，跟著一起前行。

車上坐著的是一位保養得宜的婦人，四十來歲的模樣，只見她氣派不俗，眉眼彎彎，看上去十分好相處，身上的衣料並不華麗，但那布料一看就價值不菲，至少在鎮上都沒有見過這樣的料子。

她走到男子身邊，喚了一聲夫君。

村人一邊帶他們往景家走，心中一邊好奇，這樣的人一看就身分不俗，不去拜廟反而去找景家，難不成是景家的什麼親戚不成？

這樣想著，他恍然大悟起來，景家以前是京中落魄的大戶人家，莫非是家中有什麼親戚飛黃騰達了，來拉一把？村人的態度便殷勤起來。「兩位可是景大娘的親戚？從京城來的？」

男子道：「正是，小哥是如何猜出來的？」

村人嘿嘿一笑。「景大娘一家子以前是京城的大戶人家，不過後來他們家好像是落魄了才來了這裡，這在村裡不是秘密。這位老哥啊，你們現在是不是又當大官啦，來接景大娘一家回去？」

男子沒有回答，反而問了其他。「景家在這裡過得可好？」

「他們過得倒是不錯，景兄弟身子已經好了許多，剛跟滿娘訂親呢，福娘雖然和離了，但是也和武家的小伙子說合了，都是好親事呢！」

短短一句話，卻讓男子心頭巨震，他與身旁的妻子深深對視一眼，兩人眼中均是不可置信。

這話透露的訊息可太多了。

生哥兒現在應該已經二十六了，卻才說定親事，且身子不好。福娘竟然是和離過的，婚事如此波折。

兩人不發一語，心緒可是萬般複雜，連小蒼村的繁華也無心多看一眼。

「到了。」村人拉回他們的思緒，指著前面的平凡農家院子道：「就是這裡了，景大娘現在應該在家。」

男子駐足望去，眼中的光芒越來越盛，雙手忍不住發抖，心情太過激動，連與村人道謝都忘記了。

景賦生正在屋中撥著算盤算著帳，村中現在事物繁多，但偏偏認字的又少，除了村裡的秀才，就只有他讀書最多，凡是做帳、記事這類事，村長都要拉上他。現在村裡越發繁華，村中建設增多，人人都忙得腳不沾地，他有幾天都不得不熬幾個時辰，好在他身子好了許多，偶爾如此倒不傷神。

本來村長是想問問邱飲文願不願意回來幫忙，但是讀書考功名是大事，他也不好意思去問，只委婉地提了提。至於范齊林，村長想都沒想過他，現在村中對范齊林的態度，可以說是厭惡了。

本來范齊林在村子中還有幾分名聲，就算他給人做了上門女婿，大夥兒還是承認他的真才實學，結果架不住他娘李氏在村中作威作福，仗著「兒子是縣老爺的親戚」這樣的令牌在村中橫著走。

眾人明面不敢對她怎麼樣，看看武家，對他們還有恩呢都成這樣了，且不說得罪了她會怎麼難受，於是只能在暗地裡悄悄地啐幾口，便覺得這樣的人不在村裡待著更好，現在大夥兒日子好過了，村裡人漸漸都能攢銀錢，誰走路不帶風？就妳李氏有能耐？是以，村子裡的人都對范家沒好感了，家裡有什麼帳算不清，契約看不明白的，都跑來找景賦生，他天天都沒個空閒的時候。

屋外，村長帶男子夫妻倆進了門，直接叫道：「景大娘在不在？妳家來客啦！」

景大娘和景福卿正在後屋澆那小塊菜地，聽到聲音便從屋後走過來，一邊走一邊答道：「在呢，誰來啦——」

母女倆一臉的笑容與嗓音在看見院中的人時戛然而止。

景賦生聽見不對勁，也趕忙出了屋。

而後，他的瞳孔忍不住微縮，腳步如黏在地板上，挪不開一步。

過了許久，他才開口。「舅舅……舅母?!」

聲音中是止不住的顫抖、激動、恍然與複雜。

來人正是冠英侯的兒子，景大娘的親兄長，景賦生的親舅舅與舅母——景江嵐與謝氏。

景江嵐看著景賦生仍顯羸弱的身子，喉結幾經滾動，好不容易才發出了聲。「生哥兒，你都這般大了。」

又看向景福卿，還有她背後的孩子，想起路上村人說的話，景江嵐更加難受。「福娘也當娘了。」

「……舅舅……」景福卿這一聲也喊得艱難，如鯁在喉。景江嵐一家離開京城的時候她還小，已經記不大清楚他們的容貌了，但只這麼一眼，卻感覺無比熟悉。

旁邊的謝氏見著兩人後已經流了淚，哽咽道：「相別十幾載，本以為你們早已喪命黃泉，卻不想還能見著，真是……」

她已激動得說不出話來。

景大娘猛地反應過來，將手在身上反覆擦了幾次，慌張道：「你們快進屋來說話，這還沒入夏呢，外面涼得很。」

一群人進了屋，挨著坐下，誰都不說話，均細細地打量著彼此。

景江嵐看著自家妹子那張比自己還要蒼老的面容，悲從中來。「妹子，妳受苦了……」

景大娘眼眶發紅，這麼多年的委屈與磨難一下爆發出來，但她使勁嚥了下去，沒得四十好幾的人還要跟兄長撒嬌。「還好，都過去了……」

景賦生道：「舅舅，你們怎麼這麼快就過來了，我以為還要再等兩個月才能見著你們。」

景江嵐道：「不瞞你們，收到信時，我以為是哪家仇敵故意捉弄我。那信差點沒送到我手上，幫你送信的小兄弟又不說清楚是給我的，只說是軍中親眷，要不是我軍師恰巧路過見信上寫著我的名字，勸我好好看看，你那信差點就成灰了。」

謝氏也道：「可不是，你們怎麼不早點派人來送信？你們為何又隱居在這小山村之中，那年出事我們可是親眼看著你們的屍身下葬的！」

景賦生因為怕出意外，在信中並未詳細敘述他們的處境與京中發生的事情，若是信到了舅舅手裡，自然有機會當面說。

他現在卻不急著回答，事情的真相對舅舅來說是殘忍的，他並不想在這個激動的時刻提那些齷齪事。「馬上要晌午了，吃完飯我們再慢慢說可好？」

「好好好！」景江嵐一口應下，本以為自家妹妹與外甥、外甥女死了十幾年，突然發現還活著，現在整個人還猶如在夢裡，等下他要喝一罈烈酒，來醒醒神。

景賦生想起什麼，嘴角帶了點溫柔，對景福卿道：「去叫滿娘一起過來吧。」

景福卿點點頭，出了門。

謝氏道：「滿娘？可是與你訂親的那位姑娘？」

景賦生點點頭，嘴角的那份溫柔又深了幾分。「正是，不過她算不得姑娘了，與我訂親便是三嫁了。」

他說得坦誠，卻讓景江嵐與謝氏嚇了一跳。

在他們眼裡，景賦生可是千好萬好的公子，再怎麼落魄也不至於和一個二嫁過的婦人訂親。

景賦生瞧見他們的神色，耐心道：「她很好。」

三個字，便讓景江嵐夫婦倆問不下去了，姪子臉上的情意是明明白白寫在臉上，倒讓他們對這位滿娘有了幾分好奇。

不過現在好奇的事情太多了，抓耳撓腮的，但也知道一時半刻說不清楚，待吃飽喝足，他們一家子再慢慢說也來得及。

第五十二章

林滿得知景將軍已經到了景家，二話不說便收拾好帶著平平跟著福娘去了。

景將軍的面容看上去比林滿想像中要年輕許多，她嘴角彎起得體溫和的笑。「景將軍，景夫人。」

景江嵐與謝氏細細打量著她，只見林滿安安靜靜地站著，絲毫不畏懼他們的打量，穿著雖然樸素，但整個人瞧上去伶俐又俐落，讓人心生喜愛。

謝氏率先起身與她搭話。「雖說是第一次見，但卻像是見了許多面似的，妳與生哥兒已經訂了親事，也是一家人，不必那麼生疏，跟著喚我舅母吧。」

說完還將手上的玉鐲拿下來套在她手上，歉意道：「生哥兒在信中也不說清楚，害我沒有準備，滿娘可別嫌棄這寒磣的見面禮。」

謝氏的話裡無一不透著親近，林滿知道她這是愛屋及烏，便順著她的話道：「舅母說的哪裡話，自從聽景大哥提起你們後，我便一直想著有機會能見到就好，現在總算是如願了。」

「好孩子。」謝氏跟著笑了，她又看了懷中的平平，剛才已經聽外甥提過了，自然知道這是誰，沒奈何她身上實在沒有適合小孩子的東西，便道：「京中有家巧德軒，打造長命鎖最是精緻，到時候我派人去給平平好好打造一副，刻上她的名字，或許還靈驗些。」

「那多謝舅母了。」林滿也沒有推辭，兩人都是有意交好，不必走那些過場。

景大娘道：「嫂嫂，妳與哥哥一路勞頓，先歇著，我弄好午飯，咱們再詳說。」

林滿將平平放下來。「景大娘，我與妳一起去吧。」

「好。」說完，兩人便一道去了廚房。

平平見屋裡有生人，有些膽怯，小心翼翼地走到景賦生身邊，軟軟地叫道：「景叔叔……」

景賦生將她抱在懷裡，教她認人，平平一向乖巧，很快便得到景江嵐夫婦的喜愛。

午飯弄得快，又有林滿幫忙自然豐盛，用的是空間的菜，景江嵐夫妻從來沒嚐過這樣的味道，頓時驚奇不已，林滿便在席間將這菜的來歷說了，並簡單說了村中的一些生意，景賦生在旁邊幫腔。得知村中的生意主要是由林滿帶領的，景江嵐心中略微有些吃驚。

這林滿看著年紀不大，本事卻是不小。

林滿會跟他說這些生意也不是隨意閒聊，景江嵐雖然一直在邊疆，但他在當今天子面前還是有幾分臉面的，到時候靠著他的關係能把村中的生意帶到京城去，那才是好的。

一邊吃著飯，林滿便一邊提了心中的想法，景江嵐覺得很有意思，自己殺敵多年，卻沒想到有一天要做生意。不過這個生意有外甥、外甥女摻和，他倒是不介意幫一把，現在他恨不得什麼好的都給自己妹子捧過來。

吃完午飯，一屋子人說著話，簡單說了這些年過得如何，景江嵐一家在邊疆日子算得上枯燥，沒有什麼好說的，大多是聽景賦生與景福卿在說，知道他們之前的日子過得並不好。福娘所嫁非人，年紀輕輕就帶著孩子在娘家討生活，謝氏聽得雙目含淚，忍不住拉著福娘的手細細安慰。

那些過去對景福卿來說已經不算什麼，她倒是不傷心，又反過來安慰謝氏。

景江嵐得知景賦生差點成為一個廢人，剛來時被村中一些人欺負，現在靠著當帳房先生過活，更是心酸不已，見慣了殺伐的他也忍不住紅了眼眶。

他知道景賦生年輕時有多驕傲，雖然那時候他已經去了邊疆，但是京中書信卻是不斷的，知道外甥的才名，景賦生是他的驕傲，當初與天子談古論今的人卻在一個村中當一個小小的帳房先生，差距太大、太大，他不知道妹妹一家是如何撐過來的。

他不禁再次問道：「為何不早點來信？」

景賦生看著他，語氣有些冷漠。「不是不給你們寫信，是不敢寫，我們到這裡是苟且偷生，若是被人發現，只怕這輩子真的就沒有機會再見了。」

景江嵐地處高位，只是簡單的與外甥聊幾句便猜到有人要害他們，所以他更好奇為何他們不來求助，現在聽這語氣，害他們的人應該知道他們還活著。

想到他們的性命還被人盯著，景江嵐便不能冷靜，語氣又急又怒。「害你們的人是誰？連永康王府的當家主母與世子都敢殘害！」

景賦生道：「這個人，說出來怕是舅舅也不會信。」

景江嵐心中陡然升起一股不安。「是誰？」

「我說是蘭姨，您可信？」

景江嵐夫妻怔在當地。

他們的表情太過震驚，心中已經掀起了驚天巨浪。

景賦生繼續說著。「那一日，我被扔在昏暗的暗閣裡，七竅流血聽著她訴說如何陷害母親，如何要將我與福娘置於死地……娘親絕望地尋到我時，我那位好父親卻想著讓我們一道上路，去那九泉之下。

「他們千算萬算，卻沒算到陛下會插手，我們得到一絲喘息，逃了出來，來到這距京千里的小小村落。她吃著我們的血，爬上了主母之位……明明一腔算計，最後卻是最無辜、最可憐的人。」
景賦生說得簡單，但字字如血，又如利刀，一下一下在心上剜著肉。
景江嵐還有什麼不明白？他的蘭妹妹，在他面前的姊妹情深、喪親之痛、迫不得已，都是裝出來的，每一步都是她的精心策劃。
「這個賤人！」景江嵐拍桌而起，虎目圓睜，眉毛因為驚怒而不停顫抖著。「她怎可、怎可、怎可如此！我們景家是有何對不起她的地方？」
「竟是養了這麼蛇蠍心腸的一個白眼狼！」謝氏也忍不住破口大罵，面色蒼白不已。
景大娘握住自家哥哥的手，嘆道：「莫氣了，我們這不是好好的嗎？」
「哪裡好好的！」
景江嵐氣瘋了，在屋子裡不停地來回踱步，似乎是想找一個發洩的地方。「你們這叫好？妳堂堂永康王妃，卻面朝黃土背朝天地過日子，帶著病兒、獨女小心翼翼地苟活！生哥兒堂堂永康王府世子，與陛下拜同一門下，差點死於七竅流血、斷子絕孫，現在在這個名不見經傳的小村子當帳房先生！福娘呢？千金之軀，被夫家欺辱，連個撐腰的人都沒有，不知道聽了多少唾沫星子，這叫好？好個屁！」
景江嵐胸口上下不停起伏，他說完後發現屋裡一片寂靜，謝氏摀著嘴小心著不敢哭出聲來。

他一下沒法再說話了，喉間梗著一團東西，他一把摀住眼睛轉過身，偉岸的身子不停抖動，在戰場上殺人不眨眼的大將軍，終於忍不住流下淚來。

「舅舅。」景賦生放下平平，走到他身後。「我這不是找您給我們撐腰來了嗎？」

見景江嵐的情緒還是不能平復下來，想著這口氣不讓他發出來，怕是要憋出病來，便道：「我想上京城。」

話一落音，景江嵐便轉過身，眼眶猩紅，咬牙切齒道：「好！你們收拾收拾，明天就跟我回去！」

景賦生見他情緒好多了，鬆口氣，笑道：「這怕是不行，您這次回來得這麼快，怕是沒有跟陛下請旨吧？」

雖然當初先帝下旨說沒有旨意景家永世不得回京，但現在的皇帝陛下早就收回那道旨意，可就算如此，作為邊疆的重要人物，也不是隨隨便便就能回來的，若有事須得先向陛下請旨，待陛下恩准後才能啟程。

景江嵐尷尬地摸了摸鼻子，他收到信後什麼理智都沒有了，滿心滿腦子都想見自家妹子和外甥、外甥女，請旨的摺子倒是發出去了，但是卻沒有等陛下回覆便私自出了邊疆，說是欺君之罪都可。

「要不然，我現在給陛下重新寫請罪書。」景江嵐一瞬便做好了打算。「無論陛下如何降罪與我，我都承受了，但你們這個仇卻不得不報！」頓了頓，他又忍不住咬牙。「那兩個賤人……」

見他火氣又重新上來，景賦生趕忙道：「我們回京自然也要先做一番準備，舅舅與舅母第一次來這裡，不如先住兩天放鬆下心情，小蒼村雖然小，但有趣的地方也不少，我帶您走走。」

景江嵐知道這是外甥的一番好意，況且有許多事情他了解不多，當初他不在京城，回京時妹妹已經「遇害」，其中到底發生了什麼還有待好好探究。

景福卿與景大娘也才堪堪哄住謝氏，接著道：「沒錯，咱們村還有女神廟，可靈了呢，每天香火旺得很，是滿娘修起來的，明天一早咱們也去拜拜。」

景江嵐這才反應過來林滿還在，先前氣得失去理智，有些尷尬道：「讓滿娘看笑話了。」

林滿道：「舅舅別這麼說，我剛得知這事時，也是難受得不得了。」

見她知道景大娘的真實身分，景江嵐心中一點也不詫異，這個生哥兒的未婚妻，看上去倒是個靠譜的孩子。

景賦生坐下來，目光沈沈，現在的永康王妃利用他們的死，為自己博得了眾人同情，她的姊妹情深，她的「不得已」，將在他們出現後徹底粉碎，但她心機深沈，最擅長黑白顛倒，他們必須得做好準備才是。

第五十三章

村裡聽說景家來了個大戶人家的親戚，紛紛跑來問究竟，畢竟村裡大多數人都知道景大娘一家是京城的落魄人家，他們家的親戚，可不就是京城裡的？

昨兒帶路的那個村人跟他們吹牛道：「昨天是我帶的路，你們是沒有看見，那對夫妻穿的那身料子哦，怕是我們不吃不喝攢一輩子都穿不起。」

「順子，那到底和景大娘他們是什麼親戚？」

順子啞然道：「……這我就不知道了，昨天帶他們到了景家我就回去了，人家一家子相聚，我杵在那兒像個什麼話。」

有人猜測道：「是京城裡當官的嗎？」

「哈哈哈，不是京裡當官的，我就是在邊疆打仗的。」眾人背後突然傳來一陣爽朗的笑聲，中氣十足，比村裡那些幹力氣活兒的人還要渾厚。

聽他的搭話，眾人便知道是景大娘家的親戚了，農村家裡誰來個親戚大夥兒也都隨意聊天，因此便問道：「邊疆？這麼遠啊，那你是不是大將軍？我們村年前有個人也去了邊疆，叫武喬文，你見著沒有？你為啥以前不來找景大娘，是不是也落魄了？」

眾人的問題一個接一個，景江嵐在村人周圍隨意找了個地方蹲下，一點架子也沒有，耐心地回答著問題。「將軍？你們看我像將軍嗎？武喬文啊，見過呀，挺帥的小伙子！嘿，你怎麼知道我落魄了？太聰明了！」

謝氏和景福卿在不遠處看著，笑道：「妳舅舅就是這樣，在軍中和將士們待習慣了，對誰都是這樣。」

景福卿笑道：「舅舅這樣很好，我們村裡都是窮苦百姓，大家都隨便得很，舅舅也能玩得開心點。」

「今天走這麼一圈下來，我看你們村子一點也不窮苦，還有那小小的女神廟，香火竟然不輸京城的金光寺，真是十分厲害，更神奇的是那塊靈地，簡直嚇我一跳，世上竟然還有此等神奇的地方，也虧妳與滿娘守得住。」

景福卿道：「也是翻了年大家的日子才好過一點，滿娘得了那麼一塊地也沒想著私藏著，帶著大夥兒一起發了財，不過麻煩自然是有的，好在都有驚無險。」

這幾日，景福卿陪著舅舅、舅母在村中四處走走，村裡多了許多陌生的面孔，都是從村外招來的工人，時不時還有巡邏的隊伍，這讓景江嵐小吃一驚，沒想到這小村子還知道防患於未然。

「……你們不信，走，我現在就去和他們比試比試！」

前面傳來景江嵐無比自信的聲音，謝氏與景福卿十分疑惑，上前問道：「怎麼了？」

景江嵐道：「我跟他們說在軍隊裡能一個打十個，他們不信，說有本事去和村裡的巡邏隊比一比。」

謝氏臉色當場黑掉。

「你都五十歲的人了，怎麼還跟個孩子似的，一個練家子還要去跟人家比試，把人家弄傷了怎麼辦？要不要臉！」她話中不客氣，但不見半分惱怒，說是無語更貼切些。

景江嵐笑道：「這不是他們不信嗎？肯定是要給他們證實一下我的能力的！」

「舅舅。」景福卿見謝氏話都說不出來了，也真怕他去和村裡人比試，忙道：「該去武大叔家了，今天武大叔特意去鎮上買了您愛喝的梨花釀，您不去看看？」

「去去去。」景江嵐順著外甥女的臺階下來，跟村人們道別。「我去喝好酒了，回頭再找機會切磋啊，我可不是怕啊！」

見他臨走前還不忘耍嘴皮子，要不是謝氏教養好，當場便想翻白眼了。

武大叔一家得知景大娘娘家兄弟來了，作為未來親家自然是要好好招待的，便約了今天去他們家吃飯，滿娘和景大娘陪景江嵐夫妻逛了一圈後，便直接去武家幫忙了。

今天這一頓沒有按照尋常桌宴來，林滿將燒烤架子搬了回來，準備烤燒烤吃，景江嵐夫婦常年在邊疆，什麼東西都吃過，林滿便調了好幾種口味，麻辣、香辣、椒鹽，就連糖醋都有。

景賦生今天也放下了手中的活兒，來給林滿幫忙，自從他身子好了後，也時常去林滿的燒烤攤子幹活兒，不顧村子裡有什麼閒言碎語，反正以前嘴碎的話他們也沒有少聽。不過還好，林滿現在在村裡深得大家喜歡，倒沒有人說什麼。

「去了京城後，你打算怎麼做？」林滿一邊忙著將韭菜串好，一邊和景賦生聊著天。

「走一步、算一步，不過蘭側妃是靠著我們一家子的淒慘才爬上那位置，若是想保住名聲，明面上總得對我們好看些。」

「那報完仇你們還會回來嗎？」

景賦生手上的動作沒有停，毫不猶豫道：「為什麼不回來？這兒才是我們的家。」

林滿笑了笑，沒有再問下去，知道這個答案就已經夠了。

景賦生道：「到時候妳和我們一起上京，舅舅與舅母說妳沒去過京城，在那裡好好玩一陣子，也去將軍府做做客。」

林滿開心道：「正好，你們不打算讓我去，我也是要跟著去的。」

景賦生湊過去悄聲道：「放心不下我？」

林滿輕輕挑了下眉，不接話，只是嘴角的笑容深了些。

景賦生跟著笑道：「放心吧，不會有事的。」

景江嵐夫妻一進院就看見這一幕，不自在地咳嗽了一聲，親暱的兩人瞬間分開，在長輩面前該做的樣子還是要做的。

景江嵐先前就聽福娘說今天吃燒烤，還想著哪有什麼好吃的？

他在邊疆打仗時有時候沒吃的，只能隨意拿點東西在火上烤一烤果腹，沒滋沒味得很，滿娘竟能靠著這個做生意，還賺了一大筆錢？但現在一看，他就知道林滿這個燒烤，跟他的明顯不一樣，便好奇地湊上來。「妳就靠著這個養活了我外甥？」

景賦生臉色一僵。

林滿忍不住笑出聲，為景賦生正名。「景大哥不需要靠這個養活。」

景賦生回頭朝林滿笑了下，然而還沒來得及感激，就聽林滿道：「他是靠菜地養的。」

景賦生萬般無奈。

行吧，你們開心就好。

不過靠哪樣養對景江嵐來說都沒差，他語重心長道：「我家生哥兒麻煩妳了。」

「不麻煩的，畢竟是我未來夫君，應該的。」

謝氏終於忍不住了，走過來揪著景江嵐耳朵道：「有時間貧嘴不如去和親家聊聊他兒子，我們倒是跑得快，人家兒子還在路上呢！」

這說的便是武喬文了。

景江嵐夫妻趕得急，無法等武喬文，再加上他還要去收購一些稀奇的貨物，怕是還得耽擱十天半個月，現在算算應該出發了，不過他派了貼身的護衛保護，應該沒問題，畢竟是自己的未來外甥女婿，還是得好好照顧著。

燒烤烤起來的時候天色已經暗了許多，今天不算寒冷，一群人在院中搭了一張大桌子，各坐一方，林滿負責烤，景福卿本來想幫忙，但是被她拒絕了，讓她去跟武大叔一家和舅舅家好好說話，她找了桃花來幫忙，應該待會兒人就到了。

話落音沒多久，桃花果真來了，景福卿見了便也不爭了。

這燒烤的滋味又讓景江嵐夫妻倆狠狠驚豔了一把，景江嵐喜歡喝烈酒，辣味正合他胃口，謝氏不喜辣食，便沾了椒鹽和糖醋，也是另一番好滋味。

席間一邊吃一邊說著話，先聊了武大叔一家最關心的武喬文，知道他一切都好，而且還有將士陪同，懸著的心徹底放下來，而後又聊到武巧兒的婚事，因為范齊林那事過後，村中的人都不太敢與武家打交道，心中就算有想法也想等一等，免得范齊林還記者仇，自己被拖累。結果就便宜了小虎牙，來福小炒館的那個小伙子。

來福小炒館年前便有想法想來小蒼村做生意，林滿與他們交情好，也提前打了招呼說村裡年後就能好起來，小炒館的喬大叔便毫不猶豫地來租了一間房子，那家人早搬到集上去了，村中房子是空的，院子又寬敞，收拾收拾正好做生意，他們是村中第一批想著做飯館吃食的，又趕上好時候，生意順順利利地就做了起來。

然後嘛，巧兒跟著武大叔去給他家送菜，小虎牙就這麼看中巧兒了，雖然他比巧兒還小一歲，但整顆心都巴在她身上了，摳都摳不下來。喬大叔夫妻見兒子喜歡得很，便帶著禮去問了意思，那時候賈氏正為女兒的婚事發愁，村裡人不敢娶，只有集上來的喬家不怕，心中也有點想法。好嘛，這下就是瞌睡遇枕頭，合得不能再合了！兩家速速合了八字，下了聘、訂了親。

「還是訂在下半年，過了立夏喬家小子才滿十五呢。」

景大娘道：「今年下半年可要忙活了，既有滿娘、福娘的婚事，還有妳家巧兒和喬文小子的，還有繡兒……哎喲，這下村裡的廚子不夠了，怕是要去鎮上尋了。」

「可不是？本來都和廚子說得好好的，結果因為那白眼狼只得退了，年前本來婚事就多，我這次去找人已經沒時間了。」

兩位當娘的正操心著兒女的婚事，景江嵐突然道：「喬文和生哥兒的婚事不能隨便了，就算缺人也不能隨便找人湊合，去了京城後，我向陛下請個恩典，找擅長婚宴酒席的御廚來給你們好好辦一場。」

賈氏順口接道：「哎喲，那這樣就最——」

……

桌上先前熱鬧的氣氛瞬間凝固。

賈氏覺得自己年紀大了耳朵不好使，她小心翼翼地確認道：「……親家，你剛才說，找誰？」

謝氏又無語了，自家夫君這種隨便的性子，真是想起什麼說什麼，打仗時連「敵人攻城了」這種大事都能用吃飯的語氣說出來，時不時嚇人一跳。

景江嵐道：「妳不用太過擔心，生哥兒和福娘小的時候，陛下很喜歡他們的，我會努力試一試，若實在不行，我就尋京城最好的酒樓，去借他們廚子一段時間。」

……

賈氏覺得，他們找不到廚子已經不是什麼大事情了。

「陛陛陛下，真、真真真是愛……愛民如子……」武大叔乾巴巴地說出這句話，抖得語氣都結巴了，看他眼神放空，怕是連自己說什麼都不清楚。

武巧兒還算冷靜，雖然掌心和後背已經出了厚厚的一層汗。

「陛陛陛下，認識景大哥和福娘嗎？」問完又反應過來，景大娘以前是京中的大戶人家，會見著天子也不奇怪。

但對他們這群連李員外都鬥不過的普通老百姓來說，還是很可怕啊！

武家人看向景賦生與景福卿的眼神都不同了，帶著一股敬畏。

景江嵐這才反應過來，這是農家小院子，不是他邊疆的大營，忙道：「不好意思啊，嚇著你們了，都忘了這不是我營帳了，隨意了些。」

景江嵐在邊疆打仗，他們是知道的，武家人稍稍得到些安慰。

「等戰事平定後我就告老還鄉，到時候親家們來我將軍府玩啊。」

將軍府?!

武大叔道：「你……你的將軍府？」

「啊，對，我府邸大，你們隨便來玩。」

他語氣太過隨意，剛剛與他稱兄道弟的武大叔都拿不準他心裡的猜測到底準不準了，最後，還是沒忍住問道：「親、親家，你到底是幹麼的？」

景江嵐道：「就一個打仗的將軍啊……」

武大叔兩眼一翻，倒了下去。

「親家！親家你怎麼醉了?!」

謝氏終於忍不下去了，怒道：「什麼醉了，你把別人嚇暈了！還不抬到屋裡去！」

桌前一群人手忙腳亂，燒烤攤這邊林滿剛烤好一串五花肉，對桃花道：「辣椒粉遞給我。」

等了半天，不見動靜，她忍不住向旁看去。

桃花握緊手中的燒烤，似哭似笑。「嫂……嫂子，景大哥舅舅……是將軍啊……」

得，這邊也給嚇著了。

第五十四章

晚上這頓燒烤吃得手忙腳亂，武大叔醒來後死活要跪下給景江嵐磕頭，一群人又是攔、又是勸，好不容易才安慰住了。

謝氏歉意道：「親家見諒，我家這位就是這麼一個脾性，回頭我會好好說說他，你不要生氣。」

武大叔不敢生氣。

景江嵐知道自己這是闖禍了，普通百姓與軍營那群身上帶著各種官銜的人到底不一樣，是他太過隨意了。

他好生向武家人道了歉，又強調他們是親家，不是什麼將軍與百姓，再說將軍守邊疆幹麼？就是為了讓大夥兒好好過日子，讓武大叔一家不要有心理負擔，該怎麼樣就怎麼樣，只當普通親戚往來便好。

一群人好說歹說半天，武家人才慢慢點頭表示會努力適應。

賈氏緩過來後，心中猛然升起一股狂喜。

李氏攀了一個李員外，就尾巴翹上了天，李員外算什麼東西？有縣令親戚又怎麼樣？在將軍面前屁都不敢放一個！

小老百姓的攀比心就這麼簡單，誰官大、誰厲害，但剛剛景家人也耳提面命過，景江嵐雖然是身居高位，但如果親戚間有想仗勢欺人的，他第一個就大義滅親，賈氏自然不敢生出其他想法，只要能氣死范家就行。

今晚這頓飯就這麼倉促地結束了，景家經過這麼一件事也知道景江嵐的身分最好別外洩，他們可不想一早起來屋外就跪著一群人給他們磕頭，是以臨走前對武家千叮萬囑，切勿洩漏景江嵐的身分，林滿對桃花也耳提面命了好一陣子。

在小蒼村玩了這麼一段時間，景江嵐寫好了請罪書，待林滿與景賦生安排好村中事務，一群人便準備上京了。

村中對他們的離開並不奇怪，畢竟有飛黃騰達的親戚來接自己過好日子，哪怕就是去玩幾天，也是不得了的事情。

李氏對此只哼了一聲，牙酸道：「誰家還沒有個當官的親戚呀。」

賈氏冷哼一聲。「那妳家范齊林也沒帶妳去李家玩玩啊？」

說到這個，李氏心中就有氣。兒子自從去李家後就沒回來過，只派人送來了些銀子用品，她問送東西的下人，兒子什麼時候帶自己去李家去享福，那下人只說不清楚，不知道，敷衍得很！

李氏越想越氣，等她見到兒子以後，得好好說說這些不懂事的下人。

賈氏又道：「哎呀，忘記了，妳家畢竟只有個鎮上的親戚，隔著十八層也不過還有個縣上的，景家可是去京中玩，不一樣、不一樣，我都懂。」

李氏臉色鐵青，心中煩躁，對著賈氏就是一通罵，眾人本以為又是一場大戰，卻見賈氏昂著頭，身子一轉，轉頭便走了，神色要多輕蔑就多輕蔑。

有人問道：「賈氏妳怎麼不罵回去？」

賈氏輕飄飄地回了兩個字。「掉價。」

李氏聽到後，更氣了個倒仰。

林滿一行人駕著牛車先去了鎮上，一則是帶景江嵐夫妻見見白大夫，二則是她也要和郝掌櫃說一聲，她與景家怕是有好一段時間不在，辣椒醬她提前放到集上的店裡，讓他去拿。

白大夫見著景江嵐夫婦十分驚訝，只須一眼便知他們上京是幹麼了，好在景賦生現在身子好得差不多，只要按時吃藥便可，於是多開了幾副藥，讓他在路上能應急。

他們沒有在鎮上多停留，天黑前行駛到了縣上，找了家客棧居住，第二日買了一輛馬車，景江嵐的馬車雖然大，但他們一行人太多，又有兩個小孩子，多一輛寬敞些，而後又補了許多生活用品，夠路上用就行。

他們走官道，又有景江嵐在，倒不怕山賊宵小，如此一路走走停停，一群人花了差不多二十來天，終於到了京城城門前。

有景江嵐在，林滿一行人進城自然是順利得很，入城後便體驗到了不一樣的繁華，林滿忍不住掀起車簾悄悄看了幾眼。

景大娘道：「京中勛貴多，等回去安頓好，我再帶你們出來玩。」說完她嘆息了一聲，沒承想過了十幾年她又回來這個地方，卻早已物是人非。

將軍府前早已有人等著，馬車直接駛入了府內，景江嵐才讓一行人下車，林滿猜測這是怕讓外人看到他們的存在。

這群人之中只有林滿沒有來過將軍府，她心中自然是萬般好奇的，但是也不敢隨意亂看，不想輕浮的樣子丟了景賦生的臉。

謝氏雖然常年不在京城，但也是正兒八經的當家主母，之前在路上便已讓人送了信回來好好收拾府中。「妹妹與生哥兒、福娘的房間一直留著的，你們還是住原來的院子，滿娘就和福娘住一道可好？」

林滿對這樣的安排沒有異議。

景大娘心中動容，忍不住道：「不想你們還記得我們……」

謝氏道：「聽聞你們過世的消息確實難受了許久，你們的房間留著原是睹物思人，想留點念想，卻不想歪打正著，還能讓你們再住上。」

景賦生自從入了城後便沒有開口說過話，聽見這句話眼神暗了幾分。「多謝舅舅、舅母。」

謝什麼，自然不用言說。

一家子安頓好，景江嵐沐浴漱洗後便換上了官服，帶著請罪書直奔皇宮。他之前請旨回京的消息應該早就送到了陛下手上，但陛下的回覆旨意他收不到，現在必須馬不停蹄地去請罪。

雖然他們景家一直在邊疆不沾朝堂，但厭惡他們的人不是沒有，說不定會拿這件事做由頭，在陛下心中是萬萬不能埋下猜忌種子的。

景賦生一家有些擔心，他們十幾年前與陛下有接觸不假，但現在都已經過了十幾年，再深的感情也該淡了，何況那是天子，最是情薄，景大娘也猜不準景江嵐會不會受罰。

謝氏道：「勿太過擔心，陛下聖明，他待景家一直很好。」

聽她這麼一說，幾人便也放下心來。

吃過晚飯，林滿也不急著休息，由景賦生陪著，帶著平平在將軍府消食。

林滿悄聲問他。「舅母常年不在府中主持中饋，有些人心中會不會有些其他想法？」

景賦生卻沒有這方面的擔心。「將軍府人不多，都是舅舅的心腹，個個都是忠心的，不然也不敢將我們一家直接帶回來，若是有人有異心，怕是我們活著的消息早已傳到了永康王府。舅舅應該早就想到了這些。」

林滿嗯了一聲，又聽見景賦生問道：「來了這裡習不習慣？」

「沒什麼不習慣的，就當來遊玩一趟了。」

「後面不知道會發生什麼，妳不怕？」

林滿忍不住翻了個白眼道：「我要是怕，就不會跟著來了。」

景賦生笑笑，不再問了。

京城另一邊，永康王府。

不愉快的晚飯已過，消食後府中的女主人在下人攙扶下回到房中。染著大紅色蔻丹的手指揉了揉太陽穴，柳眉輕蹙，高挺的鼻梁下那張豔紅的薄唇緊抿著，不難看出煩躁之色，歲月似乎沒在她臉上留下痕跡，依舊如閨中時那般豔麗無雙，只是面色越發沈穩了，眼中的狠戾更多了些。

秦嬤嬤趕忙走上來替她揉著，輕聲道：「王妃莫要與那下作胚子生氣，不過一個妾室，登不上大雅之堂……」

「嬤嬤放心，我自是知曉的。」當年的蘭側妃，現在的永康王妃冷聲道：「王爺一向喜愛新鮮玩意兒，她伺候了幾日也該累了，讓妳尋的新貨色可找著了？」

秦嬤嬤知道自家王妃的耐心已經到了盡頭，忙道：「尋著了，已經送去讓教養嬤嬤好好教養了，明日便可送來讓王妃過目。」

永康王妃面上卻沒有欣喜之意，眉頭反而皺得更深。

秦嬤嬤自然知道王妃惱怒什麼，但她卻不敢在此時插嘴，老老實實地閉緊嘴巴站在一旁。

儘管王妃再極力保養自己的容貌，但歲月是騙不了人的。她的身體，早已不是年輕的時候了，更何況十幾年前受過那場毒害以後，更是大打折扣。王爺對她早就沒了那股瘋狂的情愫，年紀越大卻越沈迷年輕的身體，現在什麼妖魔鬼怪都敢來摻一腳。

王妃不停往自己夫君身邊送人，環肥燕瘦各有千秋，若有人不長眼敢生出其他心思，像今兒晚飯那位新得寵的姨娘，好日子到今天便也到頭了。

永康王妃嘴角扯出一抹笑，如血中盛開的花，詭異而妖冶。王府的一切事物，她自然是要掌握在自己手中。

此時門外有小丫鬟有事要報，秦嬤嬤趕忙去了，再回來時臉上帶了不少笑意，討好道：「王妃，景將軍回京了，今兒便已到了府中！」

永康王妃一喜，煩躁的面容也鬆懈下來，但很快又變得凝重。「在此之前可有收到兄長回京的消息？」

秦嬤嬤一聽便知道不對勁之處。

以往景將軍回府時都會提前派人送信到永康王府，這麼多年來，還是第一次沒有任何音信。

她想了想剛才那丫鬟的話，小心道：「聽說將軍一回來就急急進宮，或許是有什麼不能告知的事情，畢竟將軍身處要職，必有不得已之處……」

秦嬤嬤自認說得很有道理，但永康王妃並沒有因此而鬆開眉頭。

過了半晌，她深吸一口氣道：「拿我的帖子去將軍府，許久不見哥哥、嫂子，我實在想念。」

秦嬤嬤知道王妃這是忍不住要親自請人了，她應了一聲，正要下去，又聽王妃安排道：「記得去酒窖裡取出我特意搜羅來的梨花釀，妳親自看好了。」

聽見秦嬤嬤離去的腳步聲，永康王妃壓制住心中的不安，看向銅鏡中的美豔面龐，透露出一股志在必得。

今時不同往日，景家現在是她在王府站穩腳跟的唯一靠山，無論如何，她都得抓穩了。

第五十五章

謝氏收到永康王妃派人送來的帖子，只瞅了一眼便放在一旁，對送帖的下人道：「你去回覆王妃，將軍正在宮中還未回來，這幾日怕都不能登門拜訪。」

下人應了一聲是，便低頭出去了。

謝氏與景大娘一家相處的那幾日便已經了解清楚當年的前因後果，心中對昔日的蘭妹妹已經厭惡透了，特別是一想到這麼多年對她掏心掏肺地好，結果卻是在養一條蛇蠍，就忍不住犯噁心。

他們還不想打草驚蛇，這幾日還是不要相見為好。

林滿哄平平睡下後，自己卻睡不著，伴君如伴虎，也不知道景將軍入宮後會是什麼情況。

在床上翻來覆去地躺了會兒，還是毫無半分睡意，林滿乾脆爬起來出了門，就在院子周圍繞繞，培養睡意。

「滿娘。」身後傳來景賦生的輕喚。

林滿見他穿得單薄，外面只批了一件單衣，應該也是睡不著起來走走，她小聲叮囑道：「注意身子。」

兩人在廊下的凳子上坐下，現在時辰已不算早，卻還未見景將軍回來，林滿不禁問道：「舅舅現在還沒有回來，會不會出什麼事？」

景賦生心中說不擔心是假的，不過他已經細細想了許多可能，便慢慢對林滿分析道：「舅舅這次受到的打擊太大，定要向陛下好好說清前因後果，況且永康王畢竟是皇嗣，這已經不只是景家的事情，還關乎皇家的臉面。永康王妃是陛下親封，豈不是變相說陛下識人不清？萬事只要與皇家臉面扯上關係，就要複雜一些。」

林滿想一想便知道他的意思了。

永康王當年犯的是寵妾滅妻的欺君之罪，行跡惡劣，但他畢竟是養在前皇后名下的，與陛下算得上同出一脈，再加上這些年對永康王妃的庇護，天家再情薄也能處出幾分親情來。可景賦生這一回來，當年的真相重新浮出水面，這便是自打臉了。

她將自己的想法說給景賦生聽了，臉上滿是憂愁，卻聽景賦生笑道：「滿娘錯了。」

林滿疑惑地看著他。

「永康王犯的是欺君之罪，單單這一條，他便死不足惜，更何況還寵妾滅妻，殘害子嗣，完全將陛下對他家的疼惜與信任玩弄於鼓掌之中，陛下就算是自打臉……那也是永康王害的。當今陛下聖明，是皇家中難得的簡單人，我們或許可以信一信。」

林滿點頭道：「是我多想了。」

景賦生道：「世人都覺得聖心複雜，妳多想也在所難免。只是前面都是我的猜想，情況真正如何，還要等舅舅回來才知道。」

他看著遠方黑漆漆的夜，眼睛裡面滿是亮光。

第二日，將軍府眾人剛剛甦醒，府外大門突然來了一白面無鬚老者，守門的下人見了，心裡一愣，趕忙揚起笑迎了上去。

「李公公早，怎麼這個時候來了？」他一邊說一邊引人進門，使了個眼色趕緊讓人去通報夫人。

李元狹長的細眼一抬，便嚇得下人一陣哆嗦，這位陛下身邊最得聖心的公公，他實在摸不清楚他來此的目的。

謝氏收到消息的時候堪堪才漱洗完，忙讓丫鬟、婆子整理好儀容，又讓另一個小丫鬟去通知林滿與景大娘。昨夜將軍一夜未歸，今早李元就來了，她得讓他們有個準備，囑咐妥帖後，她深吸一口氣，出門親自去迎人。

李元隨著謝氏在花廳落坐，也不品嚐謝氏命人送上來的上品龍井茶，冷冰冰開口道：「陛下得知將軍與夫人不遠千里迢迢帶了客人回來，便設了午宴，請夫人與府中客人一聚。」

看樣子，陛下已經知道這件事情了。但謝氏觀察李元的態度，猜不透上面那位怎麼想，是否惱怒於他們的擅作主張，聞言趕忙道：「陛下盛情，臣婦受寵若驚，必定準時赴宴，謝主隆恩。」說完，朝皇宮方向拜了三拜。

李元就是來傳個信，這等小事本不用他親自跑一趟，但陛下開的金口親自點名他就是另一層意思了，足見陛下對此事的看重。

謝氏自然也明白，待客客氣氣送走了李元，忙讓身邊的嬤嬤去喚景大娘一家與林滿來。幾人早已得知李元過來的消息，心中正忐忑，聽謝氏喚人去前廳，午時要進宮赴宴，這道重磅消息在幾人心中造成了不小的漣漪。

謝氏喚他們來別無其他，去皇宮不是一般地方，林滿沒有學過規矩，福娘還是小時候學的，怕也是早已忘到天邊去，至於景賦生與景大娘，謝氏雖然不擔心他們忘了，但還是跟著耳提面命了一番，就連平平都跟著學了跪拜禮儀。

時間倉促，只能堪堪學個皮毛，但好歹不至於一見聖顏就不知所措。除此之外還得梳妝打扮一番，新衣服是來不及訂做了，謝氏本想讓下人去錦繡坊買幾身現成的來，卻被景賦生制止了。「就穿我們平時穿的。」

謝氏不解道：「這樣會不會太過失禮？」

景賦生揚起一個狡黠的笑。「我們本就過得窮苦，陛下應當是知道的，不用掙那個臉面。」

自知道李元親自來傳消息開始，景賦生便覺得，他們未必被陛下遷怒了，否則哪還能有午宴吃？所以一瞬間他便做好了決定，他們有多淒慘，自然是要讓陛下看見的。蘭側妃當年便是用賣慘一步一步爬了上去，那麼他們就用其人之道還治其人之身。

謝氏倒沒有想這麼多，只覺得外甥的做法定有他的道理，況且現在時辰緊迫，等新衣服買回來恐怕得誤了時辰。

一群人忙忙碌碌地收拾妥帖，連早飯都沒有來得及吃上一口，眼看就到了時辰，只能隨口塞一塊糕點墊墊肚子，趕忙上了王府的馬車向皇宮駛去。

日子還未入夏，宮中正是百花盛開的好時辰，各宮娘娘、小主們總愛來遊玩，或是吟詩小聚，總之，這個時候的御花園總是不缺熱鬧的。

但今兒不同，御花園入口除了守門的宮人外，每五步便有禁衛軍站崗，任何人都踏不進去一步，裡面有何重要人物，不言而喻。

避風亭中的棋盤上，黑白棋子縱橫交錯，對坐的兩人，一人一身戰甲官服，一人明黃廣袖，頭束金冠，蒼勁的面龐不怒而威，周身氣勢壓人，但若細看，卻能瞧見面上那雙厲目有著些許慈祥。

那人下完一子，對面的戰甲官服者好半天沒有動作，後佩服道：「是臣輸了，陛下棋藝又精進了。」

這兩人正是景江嵐與當今聖上禮武帝。

禮武帝哈哈一笑，心情看似不錯。「愛卿承讓了。」

昨夜景江嵐急見禮武帝，禮武帝以為邊疆出了大事，命人於御書房詳說，卻不想聽了這麼離奇的故事，他雖面上不顯，心中卻已經是驚濤駭浪，緩了好半晌才緩過來。

而景江嵐不敢琢磨聖心，在御書房的地磚上跪了一夜，如此煎熬地熬了許久，就在他準備再拚死諫言時，卻聽陛下命身邊李元去將軍府接人用午宴的旨意。

懸了一夜的心總算落下來，景江嵐知道，他們成了。

陛下罷了朝，又宣景家人覲見，這筆帳怕是要好好算算了。

不多時一個小太監疾步而來，對著守在亭外的李元說了什麼，李元點點頭，踏入避風亭，奏道：「陛下，將軍夫人謝氏已攜著客人入宮。」

禮武帝嗯了一聲，而後道：「阿輓那裡可忙完了？」

李元忙道：「皇后娘娘一刻鐘前便派了人來說，給陛下準備了玲瓏巧桂糕，等陛下空了就給您送來。」

當今帝后情深，對他們之間的親暱稱呼，宮中人早已見怪不怪，就連常在邊疆的景江嵐，每年回京都會聽到帝后之間的風流事。

禮武帝道：「將客人帶去阿輓那裡，她知道怎麼做。」

「是。」李元接了旨，退開後也沒派哪個小宮監跑腿，而是親自去了。

景江嵐忍不住道：「陛下……」

「朕知道你要說什麼。」禮武帝打斷他，方才臉上的溫和與那點慈祥消失得乾乾淨淨，只剩一片寒霜，他難得將情緒表現地這麼明顯。「五弟所犯之事，朕自當為你們做主，朕也許久不見生哥兒了，午宴只是尋常家宴，你不必緊張。」

景江嵐知道自己這是情急了，當年之事當然不能只憑他們空口白牙的一句話，禮武帝自然會派人去探查。

「朕當年也是查過的。」禮武帝兀自說著，思緒一下回到十幾年前，景江嵐知道陛下這只是在訴說，並不要他回應，便安安靜靜地聽了下去。

「也不是沒有蛛絲馬跡……只是未深究罷了。」

為什麼沒深究？景江嵐不敢問。但他知道，要麼是事已造成，那時候他還顧著天家臉面，朝廷還在動盪，分身乏術。要麼，是為了永康王那一絲絲天家血脈。

或許他也和世人一樣認為，前永康王妃與世子、郡主早就死了，未想到他們突然有一天又活生生出現在他面前，當年那點點不作為的愧疚一下升了起來，所以當景江嵐說完當年的事後，他沒有聲聲質問景家到底何意，因為他下意識地就已經信了。

景江嵐突然想起以前不知在哪兒聽到的議論。禮武帝的脾性算起來並不適合做皇帝，他更適合做一個瀟灑王爺，結朋識友，再娶一位嬌妻，一生一世一雙人。但偏偏，他從小才智過人，又是前皇后肚皮裡出來的，早已注定了他的不平凡。

但好在禮武帝雖然看上去不靠譜，其實比歷屆任何帝王都靠譜，他施仁政，用人不疑、疑人不用，與群臣相處和樂，哄得許多臣子為他肝腦塗地，有些有異心的，甚至不用禮武帝出手，便被人除去了，省去了諸多麻煩。

景江嵐都嘆，禮武帝的帝運，著實好了些。

第五十六章

將軍府的馬車駛入玄武門後便停住了。

一眾人下了馬車，前面迎來一個小宮監，笑臉道：「奴才雙喜，陛下有旨，請夫人與諸位貴客隨奴才前去棲梧宮休憩。」

林滿一行人來到宮中後，便低著頭不敢亂看，這是謝氏千叮萬囑過的，宮中貴人多，一不小心便可能沖撞了誰，而後是什麼下場就不用說了。

謝氏道：「多些雙喜公公。」

「夫人客氣，前方已有轎子候著，請隨奴才多行幾步。」

林滿以前看過宮廷小說，這應該是皇宮的規矩了。

眾人行了半刻後，便上了轎子，林滿的視線也跟著升高，她雖不敢亂看，但眼角餘光仍瞥到皇宮的綠磚紅瓦，雕梁畫棟，氣派不已。

轎子又行走了兩刻鐘，皇宮寬闊的程度讓林滿咋舌不已，或許是有安排，一路上除了宮人，並未碰見其他尊貴的人，這讓零宮鬥經驗的林滿狠狠鬆了口氣，她實在沒辦法保證自己若是碰見那種突發情況能做什麼。

轎子在一座巍峨的宮殿前停下，一個約莫四十歲左右的老嬤嬤上前來朝謝氏問安。

「皇后娘娘已經等候多時，總算將夫人與客人們盼來了。」

這話可就太給面子了。

謝氏忙道：「是臣婦的罪過，讓皇后娘娘久候了。」

兩方客氣一番，那位嬤嬤話中簡單帶過皇后娘娘在做什麼，算是給林滿一行人一個信號，免得說錯話惹了鳳怒，這已經是赤裸裸地示好了，說明舅舅在陛下面前不僅安然無事，看此刻這情況，陛下應當是站在他們這邊的。

一群人跟著嬤嬤進了殿內，一股極淡的香味縈繞在鼻尖，讓人覺得通體舒暢，林滿不敢抬頭看，入眼的是腳下紅色的軟墊，頭上傳來一道悅耳的聲音。「夫人與諸位貴客昨日才到京城，今兒就被陛下請來做客，實在是辛苦了。」

林滿跟著謝氏跪下，向首位的人行禮問安，口呼娘娘千歲金安。

剛剛說話的女人便是如今的輓皇后，她今年已有三十餘歲，但保養得宜，眉目均是風情，眼角帶著笑，十分溫婉。

輓皇后從上位走下來，虛扶一把謝夫人，道了一聲平身。

景大娘一家與輓皇后是見過面的，不過那時候新帝剛登基，輓皇后陪在一旁，他們見面的次數並不多，記憶中只有模糊的年輕身姿。

輓皇后細細打量了來人，見他們身著普通，面容也十分憔悴，心中已閃過了許多想法，但面上一點也不顯露出來。她看向人群中兩個小小的女娃，一個紮著丸子頭正眼巴巴地看著她，一個在娘親懷中也用一雙滴溜溜的眼睛望過來，十分討喜。

「這兩個便是平平與雙兒？正是冰雪可愛的女娃，可惜我肚子不爭氣，只生了兒子，女兒一個也沒有生出來。」輓皇后話中的惋惜是真真切切的，她與禮武帝成親十幾載，在連生三位皇子後，便期盼著能得個女兒，沒奈何一直求而不得，是以看見女娃就喜歡得很。

一旁的嬤嬤拿出提前備好的禮物，輓皇后拿過來，將一個紅瑪瑙鑲銀的瓔珞給平平套上，給雙兒準備的是一對寓意平安健康的銀鐲子，林滿與景福卿少不得又是一番跪地謝禮。

輓皇后笑道：「我與景夫人已經十幾年未見，原本以為這輩子都不能再見了，卻不想峰迴路轉還能有再見的時候，你們不必如此拘束，就當自己家一樣，說說這些年過得如何？」

眾人當然不能把這裡當成家，但是也依言規規矩矩在椅子上坐下，馬上就有丫鬟上了新鮮的茶點、果子，大人們倒還好，平平小孩子正是饞嘴的時候，看著就饞得不得了，不過小丫頭想起娘親的叮囑，生生忍了下去，只是眼中的渴望怎麼也掩飾不住。

輓皇后見了眉眼更加祥和。「平平想吃就吃吧，不要客氣。」

平平不好意思地往林滿懷裡鑽了鑽，抬眼望著娘親。

林滿起身謝恩，才拿了一小塊糕點給平平解饞，輓皇后打量的目光看過來，在林滿即將受不住的時候又將目光收回。

輓皇后是真的想知道他們現在過得如何，景大娘只能細細地挑著、揀著說了，只是淡淡敘著事，沒有添料也沒有減料，從到村子時候說起，前面在京中發生的事情一句也沒有提。

「……民婦本想著這輩子也就這樣平平安安地過了，但是不瞞娘娘，民婦實在是不甘心，一想起我的孩子受了那樣的罪就難受得緊，好不容易才等到現在這個合適的機緣，尋著了兄長，厚著臉皮再回來京城。」

輓皇后撫著手中的茶杯，一臉若有所思。

過了一會兒，她抬起鳳眼，看向景大娘下方的景賦生，問道：「生哥兒，你如何想？」

見皇后點名問到自己，景賦生起身行了一禮，回道：「草民正是這個意思，草民受過七竅流血之痛，差點擔斷子絕孫之險，若不是母親歷經千辛萬苦將我與妹妹救出那場災難，草民早已是一具白骨。草民並非善人，只想讓害自己的惡人得到應有的懲罰而已。」

輓皇后見他說得如此直白，反倒有一瞬愣怔，她已經許久不曾聽到人這樣直白表達自己的仇恨了。「如何讓惡人得到懲罰？受你受過的痛？以命相抵？再奪回王府與爵位？」

這才是陛下讓輓皇后先見他們的目的，十幾年已過，人心不古，當年的景賦生與現在的景賦生到底有幾多變化，這才是讓禮武帝好奇的。

景賦生自然也是猜測到了，但他知道陛下並不想聽冠冕堂皇的好聽話，因此他也不打算偽裝，直道：「受我受過的痛，罪名昭告天下，王府與爵位，我不要。」

輓皇后忍不住挑起眉，嘴角露出一絲玩味的笑。從某些角度來說，輓皇后的氣度竟是比陛下更讓人犯怵。

景賦生低著頭，等了好一會兒才聽到輓皇后開口。「時辰到了，陛下該要來用膳了。」

這便是告知他們一群人，他們的意思陛下已經得知了，會來用膳便是願意見他們的，若是不願意見他們……陛下用繁忙便可推託。

膳廳已經布置妥當，宮女過來稟報。「陛下與景將軍已經到了，請娘娘與客人們過去。」

由皇后打頭陣，眾人跟在後面，到了膳廳先是一番見禮，禮武帝見著他們的情緒就豐富多了，說話都滿了好半拍，特別是見著景賦生時，林滿彷彿聽見哽咽聲。

「只是尋常家宴，諸位不必如此多禮。」

禮武帝今日的興致特別高，還多飲了幾杯，若不是皇后勸著，那一壺酒怕是都要下了肚子。

林滿是真的餓了，雖然吃飯時小心翼翼，但也不算拘禮，將自己穩穩當當地控制在禮節範圍內。

午宴十分豐富，可見御膳房是下了大力氣的，許多美味林滿都是第一次吃，吃得眉間都帶了幾分欣喜，景賦生瞧見了，便對她微微一笑，林滿便窘了，覺得自己是不是丟了人。

「哈哈哈。」主位突然傳來禮武帝爽朗的笑聲，顯然是將他們的小動作盡收眼底。

「阿生小時候我便在想，他這樣的人長大了要配個怎樣的閨秀，但思來想去總覺得誰也配不上他，要頂頂優秀的才行，琴棋書畫樣樣精通是要的，知書達禮是要的，性子最好活潑一點，阿生小時候太冷了些，正好相配，溫柔善良也是要的……只是沒想到，萬物兜兜轉轉，沒按照任何人的意思走。」

林滿汗顏道：「民女讓陛下失望了。」

禮武帝擺擺手。「怎會？你們兩個的事情我聽景愛卿說過了，妳能幹堅韌，又善經營，若是與十幾年前的阿生，確實是不般配的，但現在卻是無比適合，都是好孩子。」

能得當今天子一聲誇，林滿便知道她在皇帝這關算是過了。自從進了宮後，她莫名有種見家長的感覺，特別是轎皇后打量她時的那種感覺更甚，她想著，禮武帝如此疼愛景賦生，若自己過不了他們那關，兩人今後該如何繼續走？雖說是嚇唬自己，但卻忍不住這麼想。

但還好，一切都順順利利的。

一頓午宴下來，禮武帝有些微醺，林滿一行人正準備告辭，卻被禮武帝留了下來。轎皇后早有準備，在棲梧宮後殿收拾好了房間，對他們道：「陛下今天高興，你們多陪一天吧。」

這是在給他們撐臉面，景大娘一行人只能應下。

待散了宴席，禮武帝與景江嵐昨夜一夜未合眼，中午又貪了杯，早已有了睏意，眾人便在宮人的引領下前去休息。林滿知道，有許多話，禮武帝是準備晚上再與他們說了，應該說，是要與景賦生說了。

「兄長與嫂嫂都進了宮？」永康王妃看著來回話的小丫鬟，嗓音不禁提高了幾分。

小丫鬟看著王妃漸漸陰沈的臉，不禁抖了抖，回道：「是、是的，據守門的下人說，今兒一早就去了，將軍夫人還說，說……」

「說什麼？別磨磨蹭蹭的！」永康王妃眉頭蹙得更深了。

小丫鬟戰戰兢兢道：「將軍夫人拿了帖子後，說，這幾日都沒有空來赴王妃的宴了。」

永康王妃的臉色黑如鍋底，明顯動了怒。

秦嬤嬤看了一旁發著抖的小丫鬟，擺擺手讓她下去，小丫鬟如蒙大赦，趕緊退了出去。秦嬤嬤嘆了口氣，自從王妃與王爺的關係不如從前以後，她的疑心病一日重過一日，走上前勸道：「王妃莫要動怒，等將軍回來後咱們再去問個清楚，莫要因為這點事情與將軍置氣，畢竟皇命不可違……」

「嬤嬤！」永康王妃突然猶如魔怔了一般，雙目猩紅，急急道：「是不是，是不是他們回來了？」

「什麼？」秦嬤嬤愣住了，但幾乎就是一瞬間，她就明白這個「他們」是誰。心中一愣，她趕忙屏退所有下人，輕聲道：「娘娘，他們已經死了！不會再回來了！」

「他們沒死！」永康王妃固執道：「他們沒死，妳是知道的！林子裡的屍體是假的！」

「娘娘！」秦嬤嬤語氣也帶了著急。「他們不死也活不了，他們中的毒無解，咱們尋了十幾年，搜遍了山河，都沒有找到半分蛛絲馬跡，您覺得他們能活下來嗎？就算能活下來，只要有機會入京，咱們會不知道嗎？您在京城四周安了多少探子，他們會沒有消息？」

永康王妃聽完，起伏的胸膛慢慢平穩，頭又開始隱隱作痛，忍不住閉上眼睛，細細揉著太陽穴。嬤嬤說得對，那毒是致死的，逃得過初一，逃不過十五，他們就算命大不死，只要敢露出半點蛛絲馬跡，她也能找到他們。

只要他們敢回來，她定會讓他們再受剔骨噬肉之痛，沒有人可以奪走她現在的一切。

永康王妃慢慢睜開眼，嘴角抿出一個弧度，帶著些狠戾。

第五十七章

林滿在宮中住了一日，深刻地體驗了什麼叫奢華生活，皇宮裡吃穿用度無一不精緻，就連晚飯都有宮人布菜，自己猶如一個衣來伸手、飯來張口的廢人。

晚皇后怕他們不自在，晚宴眾人並未在一起吃，而是命人送到各個院裡，可以說是極致體貼。

林滿沒有猜錯，晚宴過後，她就聽見了景賦生被禮武帝單獨召見的消息，他們這對昔日之臣，又是叔姪，怕是要徹夜長談了。

皇宮之大，林滿不敢胡亂走動，夜間只在院內行走消食，安安穩穩、踏踏實實的，別尋求刺激。

御書房中，禮武帝細細看著景賦生，心中思緒複雜。

他引以為傲的姪子，竟然在偏遠地區當一個帳房先生，這實在是……讓他不知該如何評判。

「沒什麼不好。」景賦生還有心情與他調笑。「在此之前我天天都起不了床，只能靠娘親與妹妹幫扶過日子，現在能為家裡分擔開銷，我十分滿意。」

禮武帝道：「你現在身子已經大好，若想考取功名回到朝中來，朕可以幫你。」
景賦生搖搖頭。「不瞞陛下，我對這裡早已沒有留戀，我的家、我未來的妻子，都在那偏遠的小山村，京中的繁華與奢貴，對我已經沒有任何吸引力了。」
禮武帝嘆道：「可惜你這一身才華……」他雖惋惜，但語中卻無強留之意。
「有才華的阿生已經死去了，現在只有帳房先生阿生。」
禮武帝鬍子一抖。「那你還回來幹什麼？」
「帳房阿生來替才華阿生報仇的。」
禮武帝不想與他磨嘴皮子，直接道：「朕聽阿輓說，你是想拿他們的命抵？」
禮武帝願意和他說這些話，語氣平靜，說明是真站在景賦生的立場考慮，景賦生當然也不會這麼不識好歹，拒絕他的好意，但是永康王畢竟是他親生父親，他不能這麼回答，便道：「他畢竟給了我血肉之軀……」
這是希望能網開一面，並非真要趕盡殺絕了。
禮武帝其實很頭痛，永康王那個混帳東西連殺子的事情都幹得出來，還仗著和自己有手足情瞞了這麼多年。但他和景賦生的情況其實也差不多，那人是景賦生的父親，也是他的弟弟，高拿輕放要不得。
「罷了，朕知道如何了，待證據找齊，自會還你們一個公道。」

景賦生起身，端端正正在禮武帝面前跪下去，磕頭謝恩。

「對了。」禮武帝似乎是想起什麼事情，滿臉興奮，問道：「聽說你那位娘子有一塊神奇的地，種什麼、得什麼？可是真的？」

關於這個問題，景賦生好好想了一番才回答。「確實有，都是幫村裡培育些種子，種些小菜賣賣罷了。」

禮武帝道：「年前朝廷發下去的地瓜、馬鈴薯種子，你們村已經種上了？」

禮武帝已經了解得如此清楚，景賦生便也沒什麼隱瞞的了。「是，翻了年家家戶戶都好好種活了，滿娘又將村人種出來的收購了，做成了地瓜粉，幫助村裡做些小生意。」

「好！」禮武帝撫掌而笑，雙眼亮晶晶的，一看就知道在打什麼主意，果然，就聽他道：「你回去和你娘子說說，讓她給朕勻一段時間，把種子再多種一些，朝廷給她發餉銀。」

現在的種子只能一年培育一次，等全國都能種上最快也得三年，如果能加快速度，於國於民都是好事，林滿應當不會拒絕。況且，能打著天子的旗號，想必能讓小蒼村的名聲傳得更廣些……

景賦生也笑了，雙眼裡面的算盤打得噼哩啪啦響，禮武帝一看就知道有事，但他不問，就靜靜等著景賦生開口。

景賦生也不客氣，直接道：「餉銀就不用了，想必滿娘也不會要，而且陛下有點誤會，她還不是我娘子。」

禮武帝瞬間明白過來。「你舅舅已經與我說過了，到時候御膳房的人你們去挑，看中哪個帶去就成。」

景賦生先謝過皇恩，才道：「我與滿娘走得坎坷，她又是三嫁，村裡人有些說話不好聽，想請皇叔為我做個主。」

連皇叔這詞都用上了，禮武帝還有什麼不明白？當即道：「賜婚聖旨送將軍府還是你村裡？」

景賦生不好意思地咳了一聲，回道：「村裡吧，我就想給她長長臉。」而後又道：「福娘也是個命苦的，先前被人欺負至此，差點耽擱一生……」

「……朕知道了，另一道聖旨也一併送你村裡。」

景賦生笑咪咪地謝過，繼續道：「我們一家都是靠那靈地吃飯的，既然給皇叔辦事，皇叔也得給我們一條活路才成。」

禮武帝都快被他這種無賴行徑磨得沒脾氣了，道：「給你發餉銀，你又不要。」

「餉銀皇叔留著充盈國庫不好嗎？不如皇叔賜幾幅墨寶，又不費事，您說可好？」

禮武帝又明白了。

景江嵐說過，他們那個村子現在除了那塊好地，還有一座靈驗的女神廟，周圍還有許多做生意的人。這小子要他的墨寶，無非是想用「天子真跡」引來更多人，人一多，他們村還怕沒生意？

禮武帝心裡有些不悅。「朕才值這麼點錢？」

「陛下千秋萬代怎麼能用金錢衡量，您看看您只需要一幅小小的墨寶，便能讓您的子民過上好日子，正所謂英武聖明，愛民如子，菩薩轉世……」

聽著這毫無誠意的誇獎，禮武帝算是服了。「得了，到時候朕一併賜下去。」

景賦生滿臉笑意，鄭重地跪下再拜了拜，舉手投足之間均是感激。

林滿本以為與永康王算帳還要再等一段時日，卻不想他們還未向陛下、皇后辭行，就得到消息，陛下將於明日請永康王與永康王妃赴宴。

「證據找得這麼快？」彼時林滿與景賦生正在御花園的池子裡垂釣，聽到這消息嚇了一跳。

他們四周無人，景賦生也不怕有人聽去，對她道：「陛下早已有所懷疑，當年也不是沒有查到些蛛絲馬跡，現在只需要順著原來的線索查下去便可，天家的暗網不可小覷，一天，足夠了。」

林滿忍不住咋舌。

景賦生刮了刮她的臉蛋。「昨兒我向陛下請了賜婚。」

林滿訝異地睜大眼睛，反應過來後便是驚喜，玩笑道：「那我臉面可大了。」

「本就是給妳掙臉面的，不過嘛，是有代價的。」

「哦？說來聽聽。」

景賦生便將昨晚禮武帝想使用靈地的想法說了，林滿倒抽一口氣，不是捨不得，而是——「全國啊，那得種多久？累死人了！」畢竟空間的水只有她和福娘兩個人在澆啊！

林滿眼神略帶幽怨。「你身子怎麼還沒好啊？咱們正缺你這樣的勞力呢。」

景賦生抿嘴笑了笑，沒有接話。

身子嘛，自然是好得差不多了。禮武帝擔心他的身子，昨天剛見面便讓太醫把了脈，毒素已經祛得差不多了，現在只需要食補，將身子養起來就無大礙了。

這麼一想，未來的日子真是好過呢。

「……所以，請王爺、王妃，明日準時赴宴。」李元面無表情地說完這句話便離開，連主人家的紅封都沒有接。

目送人離去，永康王眼神迷離，明眼人一看便知是縱慾過度，夜裡未休息好的模樣。永康王妃嫌棄地看了一眼，招呼都懶得與夫君打一聲，便帶著人轉身離去了。

秦嬤嬤跟在後面歡喜道：「王妃這下可以放心了，定是將軍進宮後請的恩典，思念王妃了。」

永康王妃陰沈了幾日的臉龐總算帶了些許笑意。「錦繡坊新製的衣裳可拿來了？」

「今早就送來了，王妃可要試裝？」

「自然是要的。」永康王妃笑得妖冶，眼裡閃動著一團火焰，但似乎又記起了什麼，那團火焰很快滅了下去，只剩一團死水。

林滿陪著景大娘幾人坐在輓皇后的宮中，靜靜品著茶。

她是個俗人，茶水是好是壞她是品不出什麼差別來的，大多數都是聽景大娘在一旁細細解說。輓皇后不在，今天禮武帝宴請永康王與永康王妃，輓皇后也去了，只留她與景賦生一家在這裡慢慢等著，等禮武帝差人來喚的時候，他們才可以去宴廳。

景大娘說了好一會兒，見屋中並沒有人耐著性子聽她說，無奈地嘆了口氣。「你們這樣浮躁，可怎麼是好？」

景賦生勾起唇角一笑。「娘的心情不也是如此？若是用心品茗，何須多此一舉對著我們如此細細詳說。」

景大娘又嘆道：「之前以為再也沒有機會來京中，那時候覺得能將你們平安養大便是最好，但等現在真踏上這裡，知曉仇敵就在一旁，這心情是怎麼也平靜不下來了。」

林滿道：「既來之、則安之，陛下深明大義，總不會讓我們失望的。」

一群人互相安慰著，思緒卻不禁開始飄向了前廳，就在此時，一個青衫小丫鬟走了進來，目不斜視請了安，清脆道：「前面宴席已設好，還請諸位貴客隨奴婢前去。」

第五十八章

宴廳中，豐富的菜色魚貫送上桌，永康王夫婦兩人在隔間拜過禮武帝與輓皇后，目光不禁看向一旁的景江嵐。

景江嵐因為先帝的旨意，從不主動踏入京中一步，方才與禮武帝閒聊時，才知道景江嵐這次竟然是先斬後奏，離開邊疆後，陛下這邊才收到了摺子，夫妻兩人心中詫異不已，永康王妃心中更是不安。

話題在輓皇后有意的引導下，不知不覺說到了永康王府的兩位公子身上，便是還蘭側妃時的永康王妃所出。

先說了兩人的學問，永康王妃所出的兩位公子才情均不高，啟蒙雖早卻沒有什麼驚才絕豔的作品，但因為永康王妃會籌謀，文不成、武不就的兩個公子哥兒硬生生成了京中有名的踏實穩重之人。眾人雖都明白不過是名聲好聽罷了，但永康王府是禮武帝的心尖肉，誰也不敢當面批評，反正誰家沒有一、兩道虛名，總歸不是禍害就成，是以兩位公子早已說了親事、成了家。

「說來讓人唏噓，若是阿生還在，現在孩子也應當該開蒙了吧。」輓皇后眼中染上些懷念與傷感，隨口道了一句。

永康王妃心中警鈴大作，想陪笑跟著安慰一句，但嘴角怎麼也提不起來，乾脆垂下眼道：「是啊，生哥兒比我孩子還要大上幾歲呢。」

輓皇后繼續嘆道：「可惜了……」

永康王妃捏著手中的帕子，上面已經被手心的汗沁濕了。

她越想越不安，當年事發後禮武帝並未相信他們的一面之詞，儘管充足的證據都證明了那是場意外，但他還是查了下去，後來或許是什麼都查不到，又或許是查到了點什麼卻瞞了下來……總之，後面的探查不了了之。她擔心，禮武帝是不是又去翻查了當年的案子。

永康王是個沒心沒肺的，這幾年越發嚴重，每日放縱吃喝玩樂，府中大小事都不管，當年的事情他早已拋在腦後，現在乍一提起，記憶深處那張陰鷙仇恨的小臉突然湧上腦海，提醒著他當年所犯的罪過，忍不住打了個激靈。

「五弟可是身子不舒服？」這麼大的動作自然沒有逃過禮武帝的眼睛。「若是不舒服，朕便傳御醫來為你診治，可別貪一時便宜惹壞了身子。」

永康王將那張臉從腦中驅離，擺擺手道：「謝皇兄關心，小毛病，不礙事。」

禮武帝收回眼神，接著輓皇后的話道：「說起來，阿生他們離去也有十五年了，朕這幾日時常夢到他們，說心中有冤屈，朕百思不得其解，殺害他們的那夥亂賊已經伏誅，屍骨無存，何來冤屈？五弟，你是阿生的父親，可有接到他的託夢？」

那張帶血的五官重新浮上腦海，永康王不禁起了一層雞皮疙瘩，多年來驕奢淫逸的生活讓他已記不起當年的恐懼，但今天不知道禮武帝怎麼回事，一再提起當年的事情，讓他不得不回憶起殘害髮妻、兒女的細節。

永康王不如永康王妃想得多，就連表情都平淡得近乎冷漠。「十幾年了，若真是有什麼冤屈，也不至於等到現在，陛下憂思過多，當小心龍體，切勿為這等小事憂思過重。」

永康王妃差點咬碎一口銀牙。

自家這位王爺果然是好日子過慣了，陛下如此明顯的試探都未聽出來，儘管父子情真的冷漠，但在這個時候面上也要裝出三分情來。永康王妃只得補救，面色憂戚道：「生哥兒與姊姊當年就這麼走了，我現在想起都還心痛，或許是生哥兒責怪我們不盡責，未能將他們救出來，所以不曾託夢給我們，不知道陛下在夢中可聽生哥兒說了些什麼？可有我們能補救一二的？」

轅皇后在一旁彎起一邊嘴角。雙眼低垂看著桌上的美味佳餚，遮住了眼中的嘲諷。這個時候了，還要讓景賦生揹上苛責父母、姨娘的名聲，難怪景家幾人小心翼翼至此，若是半途被永康王府發現他們還活著，真就要死了。

景江嵐在一旁握緊了拳頭，目光幾乎要冒出火來。

永康王這個時候終於覺得不對勁了，趕忙打起精神，惴惴道：「王妃說得對，生哥兒有什麼囑託說與陛下，陛下儘管告知我們。」

一個宮監走到禮武帝身旁，低聲耳語了幾句，禮武帝點點頭道：「傳。」

禮武帝看著桌上一群人，面無表情道：「朕說出來怕詞不達意，不能盡阿生所願，朕這裡有幾位故人，不如讓他們與你們說說吧。」

永康王妃眼皮一跳，心也跟著抖了起來。

殿外有幾人朝內走來，打頭陣的是一個穿著粗布的婦人，她髮絲黑白參半，面容也不是京中貴婦們所保養的那般精緻細嫩，除了那抹健康的紅潤，實在找不出其他的形容詞；後頭跟著的，是一個青衫年輕男子，身量較高，但太瘦了，一眼便能看出是個藥罐子；再後面，是各抱了個孩子的兩個婦人，均是農婦打扮。

殿外金烏已經高升，逆著光看不太清楚，只待那幾人越走越近，容貌越清晰，此刻幾人的音容突然與十幾年前腦中熟悉的容貌重疊在一起，永康王妃驚得一下站了起來，手腳俱冷，美目圓瞪，帶著幾絲紅絲，毫無半點儀態。

「你……」永康王此刻也看清了來人的容貌，喉間一梗，寬大的袖袍掀翻了桌上的佳釀而不自知。

林滿一行人進來後端端正正地問了帝后安，待天子一聲免禮後，便直直地站著，當一旁的永康王夫婦兩人彷彿並不存在。

永康王渾身猶如被抽乾了力氣，跌坐下來，這幾人能出現在禮武帝這裡，便什麼也不用說了。

永康王妃堪堪撐住了身子，費了好大力氣才將表情恢復正常，她邁著略顯蹣跚的步子走到幾人面前，細細打量著他們，彷彿是在確認他們到底是死是活，當對上景賦生那雙戲謔又藏著快意與仇恨的眼睛時，忍不住哆嗦了一下。

景賦生朝她揚起一個笑。「好久不見。」

「生……生哥兒……」永康王妃一把抓住他的胳膊，指甲隔著衣料都快陷進他的肉裡，她的表情似哭似笑，每一個字彷彿都是從牙縫裡面擠出來般。「你，你還活著？太……太好了……」

「讓妳失望了。」景賦生厭惡地將胳膊從她手中抽離，這個時候還要勉強演戲，讓他從頭到腳感到十分噁心，他冷冷道：「我們一家都活得好好的，妳當了十幾年的永康王妃，是該還點利息了。」

「你在……說什麼呀？」永康王妃努力穩住自己的身子，不敢相信一切來得那麼快，他們怎麼就回來了呢？為什麼還活著？那般濃烈的毒藥，不該早就毒死他們了嗎？

「夠了。」這次開口的是禮武帝，他的語氣中不見怒意，卻比發怒更可怕，他看著永康王夫婦，眼中滿是失望。「你們兩個人，還有什麼要交代的嗎？」

一切都完了。

永康王突然從座位上跳起來，指著永康王妃大叫道：「是她逼的！那天賊人來襲，這歹毒的婦人說如果不跟著她一起動手，就連我一起殺了！我、我是被逼的，陛下，我是被逼的！」

永康王妃不可置信地看著他。

此刻為了自保，他已經顧不得這謊言有多拙劣，什麼夫妻情分，都宛如一個笑話。

永康王快步走到永康王妃面前，背對著禮武帝將她死死抓住，對她拚命使眼色，近乎哀求，嘴中卻喝道：「妳這個歹毒的婦人，妳以當年的事情威脅我，不敢說出去半分，痛苦了這麼多年，報應終於來了！我心驚膽戰這麼多年，害怕哪日孩子跟著妳一起受牽連，沒想到蒼天有眼，生哥兒竟然還活著，妳這毒婦也該伏誅了！」

幾乎在一瞬間，永康王妃就讀懂了他眼中的意思。

若是她一個人扛下所有的罪名，永康王府說不定還能有一線生機，她還有兩個兒子，不至於受牽連，她兢兢業業在永康王府籌謀多年，也不至於功虧一簣。

永康王的目的實在是太明顯，就連宮鬥經驗為零的林滿都在片刻後明白過來，她在一旁都替永康王妃心涼，但並不同情她。

永康王妃哈哈笑了幾聲，眼中的陰鷙毫不隱藏地顯露出來。「沒錯，是我，是我幹的。」

永康王聽她如此說，心中鬆了一口氣，但那口氣還未落進肚子裡，卻聽永康王妃繼續道：「但是王爺，是你說傾慕我許久，是你說想讓我做你的王妃，是你說景氏仗勢欺人不配為妻，也是你說，想要她的命，還有你那賤種的命，你都忘了嗎？你若是忘了，我再說一次可好？」

「妳！」永康王不想永康王妃竟然不管不顧地說了出來，頓時惱怒不已，這毒婦是想永康王府毀滅嗎？

林滿看向景賦生，見他看著永康王府的兩位主子在互相攀咬，嘴角帶了一絲玩味的笑。

禮武帝覺得荒唐，不得不打斷兩人的爭執。「你們的所作所為朕已經探查清楚，可要將證據一一擺在你們面前？」

永康王和永康王妃咬著唇不應聲，這本是大不敬，但此刻誰也沒有工夫去計較這些。

景家幾人大仇即將得報，自然更不可能說些什麼。

禮武帝繼續道：「當年那夥賊人你們能力不夠未曾趕盡殺絕，已經招供，還有寺中曾有沙彌親眼看見你們將帶血的外衣扔在後山林中……若當初不是朕派人前去擾亂了你們的計劃，阿生怕真就是一抹冤魂了！」

他每說一句，永康王夫婦倆的臉色就白一分，禮武帝都已經查得清清楚楚，又有景家人在此，容不得他們狡辯。

永康王此刻是真的怕極了，撲通一聲跪下，求饒道：「皇兄，皇兄，臣弟一時糊塗，才犯下了這樣的滔天大禍，看在仁嘉皇后的分上，饒了臣弟這次吧！」

仁嘉皇后，便是禮武帝生母，永康王嫡母。

不只是禮武帝，就連林滿都感到一陣噁心，景家幾人更不用說。

景江嵐早已忍不住，永康王這話徹底踩到了他最後的底線，起身衝到他面前，若是身上有配劍，怕是早已出鞘。

「你不配為人！為了一己私慾殘害妻兒，現在還有臉提仁嘉皇后！你這種人，就算死了也不足惜，更無顏面去見九泉之下的仁嘉皇后！」

景江嵐一聲比一聲高，如鼓棒擊打在永康王心上，他目光空洞，似有茫然，顯然並未將景江嵐的話聽進去。

禮武帝眼中閃過一絲厭惡，仁嘉皇后在世時，對膝下的養子並無苛責，也是盡了心教導的，卻不想最後養出了這麼一個玩意兒。

永康王妃抬起頭，慢慢走到景大娘身旁，她屈下身子行了一禮，目光戚戚，未語淚先流，嬌豔的唇染了蒼白，她低聲道：「姊姊……是妹妹一時鬼迷心竅，才做出了這樣糊塗的事情，我沒有臉面請您原諒，您要打要罰，我絕無半分怨言！」

景大娘仔細看著她的臉，想不透她的好妹妹到底在演哪齣戲，突然如此紆尊降貴地來向她低頭，景大娘不敢相信是她突然良心發現過意不去，那簡直連笑話都算不上。

永康王妃見自家姊姊並不搭理她，眼睛深處隱隱有絲寒光，但她藏得很好，並沒有人發現。

她又轉身走向景賦生，正要行禮卻被景賦生側身躲開，在她開口前，景賦生率先說道：「王妃有話便直說吧，何必在陛下面前耍這些小把戲，妳既知道不敢求我們原諒，也就別再說什麼後悔的話語，不過是浪費精力罷了。」

永康王妃臉色一白，小心地看了禮武帝一眼，只見當今天子的臉色比先前更黑了幾分，咬咬牙，撲通一下跟著永康王跪著，豁出去道：「陛下既然能找到姊姊一家，便是什麼都知曉了，臣婦便也不再兜圈子。

「沒錯，當年的事是我幹的，陛下也不用擺什麼證據了，大家心知肚明，但當年的事與我孩兒無關，他們那時候不過是無知幼子，甚是無辜，我自知沒有好下場，懇求陛下饒他們一命！」

說完，額頭狠狠地磕了下去。

禮武帝面上閃過一絲意外，他本以為像永康王妃這般的城府，總得再折騰一番，卻不想竟然就直接承認了，倒是讓他有一瞬間的錯愕。

林滿在一旁卻是看得明白。若是想救下自己的孩子，她其實完全可以配合永康王想出來的拙劣計劃，雖然彼此心中都明白不過是表面工夫，但若是禮武帝看在仁嘉皇后的面上，或許會留下永康王的性命，但是，永康王卻把仁嘉皇后拉出來為自己擋箭，讓禮武帝僅有的一點同情和耐心消失殆盡。

永康王妃定是看清了此時的情況，一開始向景家示弱不過是想把弱勢擺出來，讓人放鬆警惕，好為後面的談判條件鋪路，結果卻不想景家壓根兒就不吃這套。禮武帝那裡更是輕易糊弄不得，左右都沒有辦法，乾脆就認了罪，說不定禮武帝還能饒了孩子們一命。

林滿謹慎地不敢去看禮武帝的神色，永康王妃這舉動是在揣測帝王心思，是最最要不得的。

禮武帝在上位隱約嘆了口氣，將話題拋給景賦生。「阿生，你覺得如何？」

永康王妃身子一僵。

景賦生本就是回來京城報仇的，自然不可能大方地饒過他們。上次禮武帝也試探過他的意思，不過那時候他說得隱晦，並未言明，此刻問他的意思，只是想看看他的底線在哪裡，好酌情發落。

景賦生上前一步，掀開衣襬直直跪下，神色肅然。「陛下也知草民回來京城是如何，當年流血噬骨之痛猶在眼前，母親一人將我與妹妹拉拔大，頂受多少非議，昔日蘭側妃奪了王妃之位，我們又何其無辜？現在永康王府的兩位公子雖說未參與當年之事，但仍是吃著我們一家的血肉，一家人可同甘，卻不能共苦，這是何道理？」

他此話一出，殿內瞬間冷了下來。

且不說永康王與王妃兩人是怎樣的驚懼，就連禮武帝的神色也不太好。他雖知道景賦生說的是事實，但這話確實太過冷血了一些，他哪怕說得好聽一點也行。

景賦生雙眼低垂，靜靜地看著地上，面上神色不變，顯然一點也沒有改口的意思。

禮武帝過了好半晌才吐出口氣，正準備開口，卻又聽景賦生道：「草民並非想要他們性命，但要我生生嚥下這口氣也絕無可能，還請陛下原諒草民的不知禮數，為草民做主。」

說完這句話，他額頭觸地，磕了下去。

景大娘、景福卿和林滿也跟著跪了下來。

禮武帝的神色更難看了一些，不知是因為景賦生這直白的話語，還是因為不省心的永康王夫婦。

「起來吧。」禮武帝語氣中有些無奈。「你們將朕想成什麼人了？既然永康王妃認了罪，朕自然是會為你們做主的。」

他說完，便看見永康王抖了抖身子，永康王妃只將頭壓得更下去，看不清神色。

禮武帝從座位上站起來，身上自帶一股帝王的威嚴之氣，之前與人相處的那份溫和早已消散。

「永康王與永康王妃殘害手足子姪，永康王更是寵妾滅妻，豬狗不如，枉為人父，兩人以怨報德，心胸狹隘，不配為人，從即日起，永康王夫婦兩人杖責一百，剔除手筋、腳筋後打入天牢，永世不得出來！念其子未參與當年之事，剝去爵位，貶為庶民，子孫三代不得為官。」

頓了下，他繼續道：「永康王府，散了吧。」

禮武帝輕飄飄地說著兩人所犯的罪行，再輕飄飄地宣布了懲罰，永康王夫婦最看重自己的地位，這樣的懲罰於他們來說已經是要他們的命。

殿中人俱是一震，就連景賦生都意外地挑起眉毛。

他不要他們的性命是看在禮武帝的面上，不想給他再造殺孽，奪了他們的爵，讓他們在牢中拖著病痛慢慢熬，他都熬了這麼多年，也該讓他們享受下這種滋味。一百板子下去，再挑斷手筋、腳筋，這已經是沒有活路了，那兩位永康王府的公子沒了王府庇佑，日子也不會好過。

他們夫妻兩人算盡心思奪走所有東西，卻不想最後是折了本賠進去。

永康王還要再鬧，禮武帝緊皺眉頭，不耐道：「你若是覺得重了，只要喝下當年你們給阿生的毒藥，朕便將王府還給你們。」

殿內徹底安靜了下來。

「陛下。」永康王妃從地上抬起頭，雙眼亮得嚇人，她不確定地問道：「我兒確定性命無虞？」

「怎麼？朕還能騙妳不成？」禮武帝的語氣隱隱有了發怒之勢。

永康王妃又將頭低了下去，連著聲音也弱了下去。「臣婦不敢……」

林滿跪的位置恰好在永康王妃右後側，別人看不清她的神情，林滿恰好在永康王妃低頭時看得清清楚楚。

決絕，冰冷。

她心中陡然升起一股不好的預感。

那股不安感還未落下，突見永康王妃突然從地上爬了起來，筆直朝著景賦生衝了過去，手中握了一支鋒利的簪子，不知何時從頭上拆下來的。

「我詛咒你們斷子絕孫，不得好死！今日我之痛，待我死後要你們百倍奉還！」永康王妃瘋狂地大叫著，眼裡滿是狂亂，猶如瘋魔。

眾人心中一跳，見她拿著簪子衝向景賦生，林滿心中劇烈地狂跳起來，還未驚叫出聲，永康王妃突然將簪尖翻轉對準自己的脖子狠狠地刺了下去！

殷紅的鮮血順著雪白脖頸流了下來，曾經嬌豔的美目此刻只剩一片死寂，但仍死死盯著面前的年輕男子。她冷冷一笑，帶著一絲幸災樂禍——她就算死，也要用命來噁心你們，讓你們永遠記得這張讓人憎惡的臉，夜夜夢中都能回想起來，還有那句詛咒！

永康王妃的身子不受控制地朝景賦生倒去，似乎是故意倒向那個地方，景賦生穩穩當當地接住了她，看著顏色漸失的臉龐，輕啟薄唇，不知道說了什麼，但永康王妃的面色卻瞬間變得驚懼起來，雙眼在失去最後一絲光亮前只剩一片不甘心。

第五十九章

永康王妃就這麼在膳廳自殺了。

速度快得讓人措手不及。

鮮血流淌在青石磚上，刺目不已。

「啊！啊——」

一旁突然傳來一聲驚恐尖叫，吸引眾人的目光。

永康王被永康王妃嚇得手腳並用著連連後退，一大把年紀的人，穿著一身華服做出如此不雅的膽小舉動，在這樣陰冷詭異的氣氛下竟然有幾分引人發笑的味道。

景大娘眼中閃過一抹諷刺，撇開了頭。

殿外的禁衛軍此刻才進來收拾殘局，曾經豔麗無雙的永康王妃，宛如一個破麻袋般被人抬了出去。

永康王妃這一舉動實在是出人意料，林滿認為，永康王妃驕傲了一生，與其在活著的時候受萬人指點謾罵，不如在美夢裡死去，反正人死後，世間再多指責她也聽不見了，她還是那個高高在上、美名遠揚的永康王妃。

林滿輕輕嘆了口氣，對名利執著到這種地步，最後這般下場，不知算不算得上最大的懲罰。

禮武帝與輓皇后的神情都不太好，永康王妃這一舉動明顯是在挑戰皇威，違抗聖旨，先前已經放話不動永康王府兩位公子的性命，但禮武帝並不想將那股不滿吞進肚子裡，永康王妃雖然已死，但是永康王還在。

「以下犯上，抗旨不從，永康王妃所做之事實乃笑話，永康王難辭其咎，由天牢改為向北流放，永世不得回京！」

換言之，不過是給永康王換了個死法，在京中死和在異地死而已。但永康王光鮮了一輩子，縱使是慘死，也不願意客死異鄉，禮武帝旨意一出，竟然當場暈了過去。

這場笑話沒有持續多久，禮武帝有些累了，這幾日發生的事情讓他腦子發痛，善待多年的手足卻是最最心狠手辣的人，一心疼愛的姪子艱難度日……世事無常，世事無常啊！

林滿幾人在宮中逗留了數日，事畢後便出了宮。隨著他們的離去，禮武帝先前頒布的旨意如潮水般湧出宮外，在京中掀起驚濤駭浪。

永康王夫妻兩人的所作所為成為茶餘飯後的話題，與永康王府沾親帶故或有攀交的人心中惶惶。永康王妃雖然厲害，但是永康王是個閒散王爺，身上的差事自然也是不費事的閒差，可有可無的那種，自然沒有朝中派系利益的紛爭，事情一出，竟無半個人為他說一句話。

永康王受了刑罰又被流放，嬌生慣養了大半輩子的人，這一去還有沒有命眾人心知肚明。永康王府下人遣的遣、罰的罰，一時之間哭聲差點掀了王府的房頂，周圍的達官貴人家緊閉門窗，不敢外探。

除了永康王府這一讓人震驚恥笑的事外，景賦生一家也重新走進了眾人的視線裡，年輕一點的人不認識此人，只能從年紀較長的口中聽說一二，聽完後心中震驚不已，心道若是沒有發生當年的事情，這景姓公子在朝中不知道會有怎樣的一番作為。更讓他們驚訝的是，這人都離京十五年有餘，還能得陛下青睞，實屬不易，便有了結交的心思。

有這樣想法的人不在少數，但現在是風口浪尖上，誰也不敢在這個時候上門，永康王府正在水深火熱，你這麼明目張膽地就上門攀關係，這不是惹人注目嗎？

待永康王府徹底泯滅，昨日還門庭若市的偌大府邸，今日就一片蕭條，落葉飄過，任人踩過，無人再看一眼。

京中的暗湧消散，禮武帝的嘴角重新掛上笑容的時候，將軍府的拜帖與邀帖如雪花般飛進了府裡，但都石沈大海，世家子弟再派人去探，卻發現，將軍府裡已人去樓空，只剩下原來幾個眼熟的下人守著。

大仇得報，景賦生一行人便向禮武帝辭行。

禮武帝許多年未曾見著他們，心中不捨，一再挽留。

他心中也有私心，雖然景賦生明確說過不會留下來，那個偏遠的村子才是他的家，但他還是想將景賦生留在京中。

景賦生無奈，只得跪在御前，再三推辭，禮武帝攔不住，只得妥協，輓皇后親自送人出了宮門，來時不過兩輛低矮小棚車，回去時卻是一行人浩浩蕩蕩，帶著帝后的賞賜往千里之外的小村子歸去。

林滿抱著平平坐在車中，想起在宮中那幾日恍若隔世，他們來得快、走得也快，禮武帝竟也不生氣，由著他們來。

她不禁道：「陛下若是生在平凡人家，就是那護短的長輩，他喜歡誰就護著誰，我們一行人尋求了他幫助，他什麼也沒說。」

景賦生笑道：「陛下確實就是這麼個性子，不過他並不是盲目護人，若不是永康王自己犯下這等糊塗事，陛下也未必會要了他性命。」

自古伴君如伴虎，禮武帝算是歷代最好伺候的皇帝了。

回去比來時要輕鬆得多，馬車寬敞厚實，車伕技術嫻熟，行駛在官道上並不怎麼顛簸，又有護衛相送，一路也不用擔驚受怕，該休息時能好好睡上一覺，到達村子時一行人雖然疲憊，但精神尚可。

村口有人在聊著天，遠遠看見一行馬車駛來，還有穿著不凡的官爺相送，一時大驚不已，愣愣站在原地，不知該先去叫村長，還是該留在這裡察看情況，直到看見景大娘從車上下來，這才緩過神來。

倒是景大娘先出了聲，和他打招呼。「柱子家的，你在那兒幹啥？村子近來不忙？」

柱子家的回過神，幾步走過去，但在看見持刀護衛時又生生止住腳步，隔了一段距離回道：「忙呢，這不才有空歇會兒嗎？你們這是怎麼回事？怎麼這麼大陣仗？」

景大娘不好和她細說，他們這一行人還有奉旨來的官人，村長也是要出來見禮的，便道：「麻煩妳告知村長一聲，說京城來人了，讓他去我們家一趟。」

柱子家的一愣，就算是京城裡的人，也沒得要村長親自接的，她又想起先前景家來的那個親戚，有傳言說是個將軍也不知真假，心中一時好奇，問出了口。「這什麼人還得村長去見？」

景大娘只得道：「宮裡來的，麻煩妳跑趟，我還得回去張羅，回頭再和妳聊。」

柱子家的單是聽到那句「宮裡來的」就嚇破了膽，多餘的話也不敢多說，趕忙走了。

村道窄，大馬車進不去，一行人只能下車步行往裡走，浩浩蕩蕩一群人手裡捧著、挑著許多東西，閒散的村民見了不禁大吃一驚。

宣旨的李公公跟著到了景家的院子，簡陋的農家小院未讓他的神色有半分變化，依著景大娘的安排進屋，也不坐，就站在一旁，安靜得像根柱子。

林滿回了沈家，先將自己和平平好好收拾一番，古代接旨須得焚香沐浴，禮武帝念他們農家規矩少，特意免了諸多禮節，但一路風塵僕僕回來也不太雅觀，趁著景大娘一家子還要收拾，她便回來簡單收拾了。

再回到景家的時候，景大娘已經將家中收拾得差不多了，案桌、香爐已擺好，林滿前腳跨進院子，村長一家子和武大叔、賈氏帶著女兒來了，武喬文大抵是還沒到家，不見人。

村長看著屋外一排的便衣鐵衛，再看屋內那位無鬚白面男子，誠惶誠恐不敢說話。柱子家來報信的時候他還不敢相信，現在親眼一見，才知道景家怕真的是不得了的人物。

李公公尖細的嗓子拉長了音調。「人來齊了，就跪下接旨吧——」

周圍「嘩啦啦」跪成一片，看熱鬧的村民不知出了何事，跟著跪下，耳朵豎得老高。

李公公從袖中拿出明黃的聖旨，語調緩慢而低沈。「奉天承運，皇帝詔曰——」旨意有兩份，第一份自然是景賦生與林滿婚事的旨意，永康王府已然沒落，禮武帝便重新給景賦生賜了封號——「定安王」，景大娘得了一品誥命，景福卿則得了「慧嫻縣主」的稱號，而林滿只待和景賦生成親後，便得二品誥命。

禮武帝並未向他們說過此事，旨意一唸出來，幾人俱驚。好在禮武帝並未給景賦生安排什麼職位，看樣子只想讓他當個閒散王爺罷了。

第二份旨意是景福卿與武喬文的賜婚聖旨，武喬文不在，由武大叔與賈氏代領。夫妻倆接旨的時候都還是渾渾噩噩，不知身在何處，不過討了個媳婦，怎麼就成了皇親國戚了呢？

李公公唸完旨意後，又將一紅木方匣交與相互攙扶的夫妻兩人。「這是皇后娘娘送與武巧兒姑娘的喜事頭面，祝願武巧兒姑娘與夫婿在天願作比翼鳥，在地願為連理枝。」

夫妻兩人攙著武巧兒又趕忙跪地謝恩。

旨意唸完，李公公便帶著一群人浩浩蕩蕩地離開，小蒼村小，景大娘家也住不下這麼多人，早在鎮上包下客棧，待小院人群散去，只留堆滿的各類賞賜物，閃得人眼睛疼。

人群裡立馬熱鬧起來，羨慕的，嫉妒的，後悔的，感嘆同人不同命的，熙熙攘攘如同菜市場。

「我早就說景家小子不是一般人，定是天神下凡，果真沒看走眼！」

「賈氏一家這下可真是飛上枝頭變鳳凰啦，一人得道、雞犬升天！」

「當初嫌棄景家不肯相看的，現在怕是腸子都悔青了吧！」

「哈哈哈，你說的是李氏吧，若他兒子當初沒和武家悔婚，妻家嫂子可是正兒八經的龍血鳳脈，可不比一個員外強？」

李氏躲在人群中慘白著一張臉。

乍一聽宮裡來人帶著東西去景家，她便心中惶惶，跟著聽完了旨意，只覺得天旋地轉，氣血上湧，心中又嘔又悔，活生生的皇親國戚被自己兒子搓沒了，旨意都唸完了好久她都沒站起來，恨不得時光倒流！

第六十章

他人忙著怎麼討論和熱鬧，景家和林滿都無暇去管，和村裡人隨意聊了幾句將人群打發了，要忙著拾掇到處擺放的禮品。

村長倒是留下來說了幾句，語氣帶著幾分小心翼翼與討好，景賦生說了幾次不必如此，待他如從前就好。

村長嘴上雖然應著，卻並沒有照著做。

景賦生知道他是一時緩不過來，也未強求，喚來林滿，將在宮中與禮武帝商討的種植地瓜與馬鈴薯的事件提了，希望村長能跟著配合，這是給朝廷的種子，出不得差錯。

村長一聽這話立馬就精神了，只覺得一腔熱血有了發揮的餘地。小老百姓的快樂就這麼簡單，能跟朝廷扯上關係就有莫大的滿足。

這番宮裡來人雖說並未大張旗鼓，但也不算低調，在村中熱鬧了好長一段時間不說，隔壁大蒼村的村長也帶著一群人都來湊了熱鬧。

小蒼村的人只覺得揚眉吐氣，以往你們大蒼村瞧不起我們小蒼村，現在可說是風水輪流轉了。

景福卿的前夫李一悔得差點沒一根繩子將自己了解了，連帶對柳娘越看越不順眼。別人是差點成為皇親國戚，而自己可是板上釘釘的！李一娘唆使李一去景家鬧一鬧，雙兒再怎麼著也有李家一半的血脈，和李家是斷不了的，就算當不成皇帝的親戚，能要來些好處也是使得的。

李一很有些心動，但一想到今非昔比，又不敢去，再說那和離書上明明白白寫著雙兒歸景家，和李家已經沒有關係了。

李一娘見兒子不爭氣的樣子氣得半死，乾脆自己去了，結果自然沒能討著好。李公公雖然走了，但是還留了十來個便衣護衛，那都是正兒八經見過血的，對這種鬧事的潑婦也不動刀，直接提去了鎮上的衙門。

景家的事梨花鎮當然也有所耳聞，自武喬文不在衙門當值以後，衙役們找不到理由去小蒼村轉悠，這下可好，送上門的交情，直接以鬧事的罪名將李氏關進了牢裡，也不為難她，就讓她長長記性。

「那邊李一聽說自家親娘進了牢房，嚇得連忙去贖人，花了好大一筆銀子，幾乎將福娘為李家掙的辛苦錢都搭了進去，他又沒什麼正經營生沒攢著錢，這下兜裡一下空了，結果那柳娘見李家榨不出銀子了，居然跑了，連兒子都不要了，笑死個人！」

這事小蒼村的人不知道聊了多少遍，但就是聊不膩，回回說起來都要笑好久。

有人說到景福卿耳朵跟前，景福卿只是淡淡的，從不跟著熱鬧，那人本來是想當個笑話講給她聽，看她不在意的模樣便住了嘴。

景福卿回頭就與林滿吐槽道：「把我的難堪事當笑話又講給我聽，怎麼想得呢？」

林滿穿著粗布衣裳正在地裡看種子，聞言有幾分無奈道：「自從景家身分變了，周圍的人待我們態度都不一樣，可真是從前的你對我愛理不理，今天的我讓你高攀不起啊。」

景福卿被她逗樂了，不再說這個話題，轉而問起嫁妝的事來。

她倆的婚事都定在下半年，時間算算也不多，景福卿現在什麼事都不趕，只安心準備嫁裳。但林滿不行，天天要去地裡看著，還有廟裡要瞅著。

林滿便說了自己去鎮上買成衣的事。「尺寸已經量了，回頭再抽空去幾次試穿，不合身的地方再改改就成。」

景福卿點點頭，又道：「周嫂子、大山兄那邊呢？」

林滿是孤身出嫁，有些淒淒慘慘的意味，她便去找了最親近的周氏夫婦，認了個義兄、義嫂，等她出嫁時便是娘家人了。周氏夫婦起先不肯，直說林滿以後身分不一樣，林滿卻堅持得很，雖說景家不會苛責她，但有沒有娘家人，到底是不是一樣的。

周氏是女人，自然懂得有娘家撐腰的新婦是不一樣的，雖然他們跟景家比起來，確實不算什麼，但想想滿娘孤身一人著實可憐，又架不住林滿那張能說會道的嘴，還是答應了，並應諾該準備的嫁妝還是要備著的，林滿要是不要這嫁妝，就別叫他們兄嫂了。

景福卿問的便是這個了，林滿笑道：「怎麼，我還真貪圖他們那點嫁妝不成？還是妳怕我嫁過去了將妳家吃垮了？」

「妳知道我不是這個意思，周嫂子和大山兄是老實人，妳也知道那聖旨一宣啥都不一樣了，這不是怕他們想什麼門當戶對，把東西備多了，給自己添負擔嗎？」

林滿一聽是這個理，便說晚上去看看。

林滿看完最後一棵苗子，撐著腰站起來。

天邊已經泛起了紅霞，鋪滿了山那邊。收工回家的農家人陸陸續續路過小村的道路，山間飄起了炊煙，有婦人中氣十足叫著調皮搗蛋的孩子，而後又引起幾聲犬吠。

平凡而溫馨。

來到這個時空不久，沒有經歷過驚心動魄，只有細水長流的小日子。種種地，養養娃，以後還有一位溫和的夫君，平平淡淡一輩子。

她很知足。

身後傳來輕微的腳步聲，一聲溫柔的呼喚跟著傳來。「滿娘。」

林滿轉身。
景賦生站在紅雲之下，面含笑容。「回家吃飯了。」
林滿笑了。
「好。」

——全書完

番外：塵煙如世

農曆十二月初六。

宜：出行、嫁娶、納采、出殯、會親友。

忌：無。

這一天是難得的好日子，小蒼村處處喜氣洋洋，張燈結綵，所到之處無一不是紅紗喜綢高高懸掛，就連落了葉的禿枝老樹上都被巧手的婦女掛上了同心結。

有不知情的外地人路過，看見這陣仗好生稀奇，藉著喝水的空檔，向還在忙碌的村裡人攀談起來。

「老哥，這是哪位大戶人家有喜啊？你們村差不多都全部裝扮起來了吧？」

被喊作「老哥」的人正是武大叔，他穿著一身藏青細綢布衣，臉上的鬍子細細理過，正站在門口等自己婆娘收拾妥當，待會兒還得前去景家幫忙，現在武、景兩家是姻親，自家可是應了景家要去迎親的。

武大叔聽見那人問話，便回道：「可不是，今兒是我們定安王爺的大喜之日，可是當今聖上親下旨意賜的婚，那可是真正的天作之合，兄弟要不要留下來喝一杯？」

景賦生與林滿被賜婚之事早就傳遍了十里八鄉，這裡的人都是踏踏實實在地裡刨食的平頭百姓，在他們眼裡縣老爺都是不得了的人物，更遑論那遠在天邊的天子，當時鬧了好一陣子，不少外地人還特意路過想來看看這泥地裡的安定王到底是何許人也。

景賦生見來的人多，乾脆請村長在村裡建了一座祠堂，將禮武帝賜下的那些精美又不實用的玩意兒擺在裡面，想進去看就交一文錢，美其名曰修繕費。

帝后對許多人來說是猶如天人般的存在，能有機會一睹御賜之物和天上砸下來的餡餅差不多，再說一文錢對他們來說也不算什麼，為何不看？

小蒼村憑著這一手又成了遠近聞名的景點，村裡做生意的人越來越多，這半年時間，家家戶戶都蓋起了新房，武大叔前幾天還在和村裡人討論過年要買多少肉、要裁多少件新衣裳，誰人臉上不是紅光滿面，喜氣洋洋？

路過的人當然也聽說過小蒼村的奮起事蹟，據說這村子多虧一位叫作林滿的婦人，想方設法帶著村裡人發家致富，去年這村子還破落不堪，結果不過眨眼工夫，人人都過上了夢裡才有的好日子。

有人便嘆，以前瞧不起這帶著拖油瓶的寡婦，誰能想到人家卻是財神爺轉世呢，最後還與安定王結秦晉之好，更是天子親自賜婚，了不得，真是了不得。

這杯喜酒那人當然是求之不得，反正他眼下事情也不急，能喝這一杯喜酒，放放也無妨。

但他心中仍舊忐忑。「這喜酒我這外人能喝得？」

武大叔哈哈一笑。「喝得、喝得，村裡要大擺三天流水席呢，附近的村子都要來吃酒的，那廚子還是宮裡出來的，真正的御廚，這位兄弟有口福了！」

路人向東方作揖拜了拜，先感嘆了幾句皇帝陛下仁愛和善，心有萬民，而後才道：「那麻煩老哥指個路，我到時候便直接過去討口喜酒吃了。」

沈家院內人來人往，熙熙攘攘，人聲鼎沸。

相比村中各家各戶改頭換面的青磚大瓦房，這家土牆農家小院卻沒什麼大的變化，依舊是林滿來時的模樣。

院中收拾得十分喜氣，茅草籬笆搭成的門簷下掛著兩個大紅燈籠，門前的路掃得乾乾淨淨，一根雜草也無，還有愛熱鬧的小孩子在路兩邊撒了些野花花瓣，說不出的俏皮可愛。

鄰里幫工們正在院中忙著擺放借來的方桌、長凳，不時聽那個吼一聲這裡差個凳子，那裡還能再擺一張桌子，男人、女人嘻嘻哈哈的交談聲交織在一起，沖散了幾分喜氣下隱藏的傷感。

林滿身分不同往日，也是要擺出嫁酒的。

沈家主屋內，家具樣樣嶄新，處處貼著手剪囍字，唐嬸子在一旁細細檢查待會兒要抬走的嫁妝，身旁跟著上月底才接進門的媳婦，讓她跟著學。

村裡下半年喜事多，景福卿與武喬文是最早的一對，他倆的婚事也是風光大辦，村裡從未見過這樣盛大繁瑣的婚事，要不是有宮裡留下的人在，村中還真找不出能主持那場婚事的人。

這倒是給林滿提了個醒，後面她與景家商量了一番，簡化了許多過程。農家結婚，不必將宮中那套禮節搬過來。

不過就算如此，這場婚事的盛大程度依舊讓村裡人咋舌。

男女兩方都擺三天流水席，沒見過誰家能有這麼大的派頭，更別說林滿那一抬抬壓彎扁擔的嫁妝。

福娘過後便是武巧兒和小虎牙，立夏後小虎牙他爹娘特意給他辦了一場及笄酒，請了景家、武家、林滿和周氏好好吃一頓，沒多久兩人便把親事辦了。

唐嬸子家的邱飲文和繡兒，也是上個月剛完婚，小夫妻倆正蜜裡調油，邱飲文明年準備去縣裡的書院，繡兒也要跟著。

喜事一件接一件，村裡人今天去你家幫忙，明天來我家吃酒，很是人仰馬翻了一陣，不過宮裡來的御廚師傅才是村裡最忙的人，現在走到哪兒都受人尊敬，要不是年底要回宮覆命，村裡人怕是連明年的活兒都給他安排好了。

林滿這喜事，是今年村裡最後一樁了。

周氏淨了手，來到梳妝檯前。

林滿穿著大紅色喜服，一頭黑髮披散在腦後，鏡中倒映出她柔和溫婉又帶有幾分羞澀的眼。

她與景賦生是聖上賜婚，不必遵循什麼二嫁、三嫁穿不得正紅的規矩。

「我們滿娘終於得償所願了。」周氏一邊給她化著喜妝，一邊輕聲唸道：「從今以後，苦盡甘來，夫妻兩人，白首相攜。」

林滿正被擺弄著臉，說不了話，只是眉眼越發溫柔。

周氏手腳索利，按照林滿的要求，只畫了薄妝，描了眉，點了朱砂唇，林滿本身底子就不差，拾掇一番更是引人注目。

周氏又走到林滿身後，拿起梳子開始為她挽髮。

「一梳梳到尾，二梳白髮齊眉，三梳姑娘兒孫滿地……」

周氏哽咽了一瞬，眼眶泛紅，手上動作不停。

「……十梳夫妻兩老就到白頭。」

梳齒從髮尾掃過，作為娘家人的周氏還是沒有忍住，眼淚一下就流了出來，旁邊幾個嫂子、嬸子趕忙過來又哄又勸。

「滿娘就在村子裡呢，不過幾步路，想去看還不簡單？」

「大喜的日子別掉金豆子，妳還想把新娘子也惹哭？」

「哎喲妳還有心情掉眼淚呢，趕緊讓滿娘吃點東西墊墊肚子，今天可沒時間吃東西呢。」

周氏一邊摸著眼、一邊笑道：「我知道、我知道……可就是忍不住……嫂子妳別說我，去年妳家妮兒出嫁妳哭得比我還凶呢……」

幾人這麼一鬧，周氏便去了幾分傷感。

林滿一手握住她的手，一手輕輕撫上周氏仍顯平坦的小腹。「嫂子，妳可千萬別哭，萬一影響我姪兒，兄長怕是要來找我算帳的。」

周氏上個月檢查出了兩個月的身孕，一下成了馮大山供著的活菩薩，端茶、遞水都捨不得，要不是林滿只有這麼一個娘家人，馮大山哪肯放她來人多的地方湊熱鬧，儘管林滿一再保證她會好好看顧，馮大山依舊不放心。

周氏被林滿逗得滿面通紅，輕拍她手背佯怪道：「妳這妮子……」

唐嬸子在旁邊笑道：「滿娘，妳快多摸摸，回頭明年就給景家抱一個。」

又有一個嫂子笑道：「說不定抱倆呢！」

一群人哈哈笑起來，大聲說著是是是，屋內的氛圍頓時越發熱絡。

儘管林滿臉皮厚，也紅了臉。

此時一個宮裡跟來的嬤嬤走進來，笑問道：「可準備好了?吉時要到了，桃花在前面探路，說新郎官一行人就要到了。」

屋內頓時又忙活起來。「哎呀，炮仗準備好了嗎？」

「叫抬禮的男人收拾了！」

「蓋頭呢，哎喲喲，蓋上、蓋上！」

林滿眼前景物漸消，只剩一片暖融融的紅光。

喜氣洋洋的敲鑼打鼓聲越來越近，屋內的人忍不住都去看熱鬧，待看清騎著駿馬而來的新郎官時，齊齊吸了一口氣。

景賦生身子已大好，再也不見年前病弱的模樣，眉目如星辰，清風俊朗，身形颯爽，身著大紅喜服說不出的意氣風發，旁邊好幾個年輕的姑娘、媳婦都看紅了臉。

「這是哪家的仙君下凡來了？」

「仙君可是來娶我們滿娘？」

「仙君要娶滿娘可得拿出誠意來！」

林滿這邊沒有正兒八經的血親兄長攔親，但周氏卻不想景家這麼輕易將人娶了回去，先前與景家說好了，請幾個半大的姑娘、小子熱鬧熱鬧就好。

是以，景賦生腳步還沒跨進院裡呢，以桃花為首的村裡幾個調皮的姑娘、小子就攔住了人，使出先前被周氏教過的手段。

「背詩，就那個什麼家家蒼蒼，白路黑路的……」

「蒹葭蒼蒼，白露為霜，所謂伊人，在水一方。」

「你娶了我滿嫂……滿姊姊，對不對她好？」

「一輩子只對她好。」

「給錢！不是，給紅包，我們滿意了你才能過去！」

圍觀的人看得哈哈大笑，接親的人也覺得有趣，起鬨聲不絕於耳，景賦生拿出提前準備好的喜錢，挨個兒花得心甘情願。

熊孩子們既過了玩癮又得了一筆喜財，個個一蹦三尺高，很快讓出路來。

滿娘由馮大山揹出了屋，一步一步走到喜轎前。村裡習俗，新娘從離開娘家到婆家這一段距離腳不能沾地，否則便會帶走娘家的福氣錢財。

轎前放著一塊石墩，馮大山將林滿放在上面，景賦生上前扶林滿入轎。

林滿將手放心地交給跟前的人，兩手相握，從此共攜一生。

宮裡的嬤嬤抱著平平走過來，正欲交到林滿手裡，卻被景賦生接了過去。

「我來吧。」景賦生低頭看平平。「爹帶妳回家好不好？」

平平臉蛋兒紅紅，用力點點頭。「好！」

新郎領著喜轎在小蒼村慢慢蹓躂了一圈，後面跟了一群又一群的人，喜糖、喜錢撒下，孩子們紛紛尖叫嬉鬧著撿喜氣。

一路吹吹打打，外村過來看熱鬧的無不稱奇。

他們之中有人騎馬接親的？有牛車就是體面了。

誰有四抬大轎？不是走著去就不錯了。

看看那一抬抬的嫁妝，嘖嘖嘖，了不得了不得。

景家院子早已翻新成敞亮的青磚瓦房，後面那塊小菜地也建了屋子，景大娘說等忙完了今年，明年還要再往後建，給孫子、孫女，一人一間！

「新娘子來了，新娘子來了——」

不知道哪個小孩子吼了一聲，眾人齊齊往外看，果然見著不遠處熱熱鬧鬧的接親隊伍回來了。

景大娘今天一身棗紅立領廣袖襬袍，鬢間幾綹銀絲服帖地梳在一起，精神奕奕，目光明亮，坐在主位上聽見報喜聲身軀一震，忙和下位坐著的景福卿道：「來了、來了！」

景福卿今日也著了一身得體的黃粉交領裙，她臉色紅潤，身子也比以往豐滿了些，整個人透露出一股幸福的嬌豔，懷裡抱著應景穿著紅色小襖的雙兒，笑道：「娘別激動，等下還要給您磕頭呢。」

景大娘以袖半遮臉，笑得見牙不見眼。「哎喲，我是一刻都等不得了哦！」

外面，新人被眾人鬧著迎進了屋，在司儀的引導下踢轎、跨火盆，上拜天地，再拜父母，後夫妻對拜，一聲「禮成——」宣布這對璧人終於結為夫妻。

院中流水席已擺開，傳菜官中氣十足地吼道：「燒哦——燒哦——」提醒客人讓路。

沒入席的客人坐在一旁嗑瓜子聊天，聊收成，聊過年，聊今天的喜事，處處透露出熱鬧。

新人房裡，紅帳喜燭，桂棗圓子，一眾婦人照例逗了新娘子一番後便結伴離去，院中酒肉正香，引人發饞。

林滿靜靜坐在喜床上，等待著她的新郎。

夜幕低垂，院中亮起了燭火燈光，喧鬧中傳來一陣腳步聲，直朝這邊而來，她的身子猛然緊繃。

嘈雜聲在門外停住，年輕人在鬧叫著。

「景兄你才喝這幾杯，沒勁，忒沒勁！」

景賦生溫和的聲音響起。「小虎牙你才多大，淨想著喝酒。」

「我成婚可比你早！」

「再喝當心巧兒修理你。」

「哈哈哈，虎牙你去和飲文喝吧，我不會跟我妹妹告狀的！」

「大舅子你別誆我！」

「不誆你，去吧。」

「嘿，多謝文哥！」

等小虎牙一走，剩下的兩個人不知道在門外窸窸窣窣地說著什麼，林滿只能隱約聽見一句——「……開始別用力……這時候你再用力……」

她還沒細聽，門外就已經沒了聲音，不多時景賦生推門而入。

透過蓋頭下的一絲縫隙，她看見景賦生穿著黑色的皂靴停在她前面。

當蓋頭被挑起，景賦生站在她面前，林滿心跳猛然加快，手心出了一層細汗。

「滿娘。」景賦生微笑著看著她，林滿抬眼望他，人比花嬌，低低嗯了一聲。

景賦生挨著她坐下，拉過她的手，放在手心輕輕把玩。「我的妻。」

被他握住的那隻手滾燙，林滿紅著臉，輕聲道：「夫君。」

景賦生偏過頭看她，眼裡的光芒彷彿要溢出來，林滿甚至不敢去看。直至下巴被溫熱的手指捏住，唇上跟著覆上帶著酒氣的灼溫，林滿睫毛一顫，慢慢軟下身子。

景賦生將她攬過來，細細啄著，恨不得將她揉進懷裡。

過去一幕幕在腦海裡如走馬燈過了一遍。

在永康王府時的步步為營，逃難至小蒼村時的落魄不甘，被病痛折磨時的滿腔恨意……直到遇見林滿，他的滿娘。

帶著他走出那渾噩灰暗的日子，看見人世間的春天，能赴京報仇雪恨，在那個女人死之前，再戳痛她一次。

永康王妃做了那麼多，想毀了他娘親，想毀了他，欲讓他慘死，就算苟活於世，也只能孤獨終老一輩子。

她死之前的那一眼，彷彿在說：「你贏了又怎樣呢？不過廢人一個，斷子絕孫，永世不得好死。」

然而他卻讓她失望了，在她死之前，他打破了她最後一絲希望——「我的孩子，會比妳的孩子活得久。」

景賦生不是善人，他受過的苦，也該讓她的孩子嚐嚐，而他，已不是不能生育。

永康王妃明白了他的意思。

最終，她只能在驚懼不甘中死去。

「疼……」懷裡傳來一聲呢喃，景賦生鬆開她。「咬痛了？」

林滿察覺到景賦生剎那間的心事重重，但很快消散。

她緊緊摟住他的腰，窩在他懷裡，輕輕嗯了一聲。

景賦生心尖如被貓兒撓了一下，在她耳邊輕聲道：「滿娘，給我生個孩子吧。」

林滿耳邊熱得發慌，點了點頭。「好……」

景賦生一笑，正欲俯身吻上卻被林滿止住。

「你……你輕點。」

「怎麼了？」

林滿再回憶了一次原主的記憶，並確定了一下自身的情況，而後不好意思道：「我的第一任丈夫，是在我成親前一天死的……婆家拿了我的嫁妝就將我趕了出去。」

景賦生心一跳，靜靜聽她說著。

「沈郎你是知道的，他病得比你還重，我們成親之後，一直沒有行周公之禮……」

「滿娘。」景賦生打斷她，再也控制不住地吻了上去，他火熱的嘴唇細細流覽過她裸露的肌膚，低聲道：「我這輩子，都會對妳好的。」

帳幔落下，燭火搖曳，室外寒冬、室內如春，赤裸相貼的兩人處處點火，不多時響起痛苦沈迷的呢喃，繼而轉為濃重的纏綿調子。

景安抓周的時候，抓了一支簪子。

周圍俱靜。

景大娘道：「乖孫子以後要做生意呢。」

景福卿道：「安安以後要當手藝人？」

武喬文道：「娘子說得對。」

周氏道：「是送給妹妹的嗎？」

馮大山道：「閨女妳要？爹給妳買！男人送的都不能要！」

武巧兒道：「那不錯，給咱閨女買一個吧？」

小虎牙道：「兒子看見要鬧吧？要不一人買一個？」

邱欽文道：「娘子，我這次在縣裡給妳帶了，回去給妳。」

繡兒道：「……不要，你眼光差得要死。」

林滿道：「……要不重新抓吧？」

景賦生將寶貝兒子抱在懷裡，問道：「安安喜歡這個？」
剛滿一歲的小娃娃穿著紅色肚兜，掙脫爹的懷抱，挪動著小短腿爬到一個五歲的小女孩面前，將簪子伸過去。「姊姊……」
眾人恍然，小不點八成是看見哪家閨女戴著，看見自己姊姊沒有，心疼呢。
林滿笑道：「人不大，懂得倒多。」
景賦生親了兒子一口。「好樣的兒子，姊姊平時沒白疼你！」
已經拔高了許多的沈平平也親了弟弟一口。
林滿站在景賦生旁邊，看著院內其樂融融的一幕，眼神溫柔而祥和。
來到這個時空快三年，她有了自己的家庭、事業、朋友。
家庭和睦，事業順心，朋友友愛，人生如此，夫復何求。
村中人在院外路過，一群人互相打著招呼，笑著說著今年的生意和地裡收成。
景賦生逗完兒子朝她看來，林滿突然綻開一抹燦爛的笑。
真好。

——全篇完

婦唱夫隨 繾綣相依／昭華

2020年1月出版

醫世好妻

她曾經很傻很天真，中了別人的圈套而丟掉小命。
重生後，她要替自己解套，讓這世的命運逆轉勝！

文創風 815 1

憶起前世慘遭養姊毒手的悲劇，定國公府嫡女宋凝姝嚥不下這口氣，
重活一世，定要揪出養姊的狐狸尾巴為家族除害，奪回自己的人生！
這次連老天爺都幫她，助她得到滋養萬物的神仙甘露，繼而拜師學醫，
眼看事事皆按預想發展，孰料一場遇襲讓她跟蜀王傅瀲之牽上了線，
他雖救過她，但帶來的驚嚇好像比驚喜更多，還得幫忙醫治猛獸狳猁！
她心臟再強也想抗議了，莫非這冷面王爺才是她此世最大的考驗？

文創風 816 2

有神仙甘露加持，宋凝姝的醫術越發高明，唯有一事讓她苦惱得很，
救下狳猁後，傅瀲之待她完全不似傳聞的厭女模樣，屢次幫她解圍，
還三天兩頭上藥堂找人，連師父都瞧出他心思不正，根本意不在藥嘛！
她尚未想出如何應對，解決她與養姊兩世恩怨的時機便先來臨——
失寵已久的養姊終於出手，祖母中毒倒下，矛頭指向她製的補藥。
她不怕髒水，只求斬草除根。這回定要醫好祖母，替宋家清理門戶！

文創風 817 3

解決掉養姊，還把收養的狳猁和白獅照顧得頭好壯壯，宋凝姝很是歡喜，
但新的煩惱隨之而至，年將及笄，二皇子及新科狀元郎竟爭相求娶她，
自邊疆戰勝返京的傅瀲之得知後臉都黑了，耍無賴都要把人拐回府裡。
好吧，既然這男人肯支持她行醫，那她也不介意學著當個稱職王妃！
但壞消息隨即傳來，在邊疆當斥侯的堂哥溜進敵城查探後失蹤，
重視家人的她決定跟夫君趕去救人，哪怕敵國如虎穴，也得闖了！

文創風 818 4 完

救回堂哥後，宋凝姝繼續一邊行醫、一邊當人妻的忙碌日常，
孰料邊疆爆發瘟疫，她立即帶著藥材趕至，卻發現案情不單純，
這分明是敵國首領授意下毒引起，想鬧得人死城亡，好藉機進攻大虞。
她與夫君解決此疫平安回朝，卻引來敵國首領的殺機，祭出陰狠蠱毒，
傅瀲之為救她而中招，卻苦於無藥可解，她怎能看他被蠱毒折磨而亡？
就算翻遍天下醫書也要配出解藥，從死神手中把夫君搶回來！

2020年1月出版

瑤娘犯桃花

文創風 819 【重生之四】

棄婦瑤娘被人追殺而死，幸而她救的小狐狸(妖？)犧牲一條尾巴讓她重生！
自此瑤娘和小狐狸成了好友，還多了個狐狸精萬人迷的外掛，
讓專門收妖的道士靳玄對她難以抗拒，但又嘴硬不承認。
說起靳玄，八歲被師父騙入門下，十四歲接下掌門人之位，
如今長成二十二歲少年郎，沒有道士該有的仙風道骨，
反倒英武昂藏，還很care自己的打扮，重點是把捉妖當經商，
沒辦法，小門派窮得揭不開鍋，要想發揚光大，只能當「奸商」！

花樣百出 本本驚喜／莫顏

靳玄一身正氣凜然，渾身是膽，人們說他天地不怕，只有他自己知道，他怕瑤娘。
他俊凜魁偉，氣宇軒昂，眾人皆讚他不近女色，只有他自己清楚，他心癢瑤娘。
連三歲小孩都知道，靳玄最討厭狐狸精，女人勾引他，無異於自取其辱，
只有靳玄心裡明白，他的貞操即將不保、色膽已然甦醒，因為他想要瑤娘。
偏偏瑤娘不勾引他，因為她討厭他，只因他一時嘴快，罵她是個狐狸精……
瑤娘清麗秀美，賢淑婉約，從不負人，只有別人負她，但她從不計較，
她對人總是溫柔以待——只有一個人例外。
「瑤娘。」
「滾。」
靳玄黑著臉，目光危險。「妳敢叫我滾？」
「你不滾，我滾。」
「……」好吧，他滾。

2020年1月出版

棄婦好威

文創風 813～814

他怎麼看怎麼覺得此女有古怪！
傳聞她和三姪兒相愛甚深，可嘆對方行為不端令她傷心欲絕；
然而婚約一解，他怎麼看她倒挺開心的？

冷面皇爺腹黑千金　世事如棋但求真心／飲歲

對於野心勃勃的未婚夫婿，葉未晴是避之唯恐不及！
前世被他當作棋子，成親後淪為棄婦還禍及全家的下場，她仍記憶猶新。
有幸重生，首要之務便是佈局讓眾人撞破他和羅家姑娘私下幽會的醜態，
揭開他人前深情、人後薄倖的真面目，以求順利取消婚約。
孰料婚約是解了，可渣男竟仍對她糾纏不休，導致羅家姑娘更恨她入骨！
刺殺、暗算樣樣來，若非奕王出手解救，只怕小命難保……
奕王周焉墨身分尊貴，皇子也得敬他三分，她不禁興起結盟之意，
若能得他撐腰，她要徹底整治那囂張的無緣夫婿可不就如同小菜一碟？
只是此人冷淡寡言難相處得很，要他允諾相助談何容易？
她努力遞出橄欖枝，偏他仍不鬆口？!
嘖！明明跟她父兄有交情，也派遣暗衛保護她，卻還不承認和她站同邊？
真是天下第一傲嬌公子啊！

為流浪貓狗加油 和貓寶貝 狗寶貝

廝守終生(一定要終生喔！)的幸福機會

對人來說，貓寶貝狗寶貝只是生活的一部分，但妳(你)對牠們來說，卻是生活的全部，領養前請一定要考慮清楚——

▲ 能作伴一生的好狗狗　小尾

性　　別：女生
品　　種：米克斯
年　　紀：約莫於2017年年尾生
特　　徵：中小型犬，蛋黃色毛色，尾巴有一搓白毛，有一垂耳、一立耳
個　　性：喜歡跟著人趴趴走、安靜乖巧、親人親狗
健康狀況：已結紮，已打預防針

第310期推薦寵物情人

『小尾』的故事：

當大夥兒都期待著從106年邁向107年的跨年期間，在大雨滂沱的天氣裡，有一群小朋友正努力地拯救一群小小狗。

四隻小小狗兒們窩在樹洞內，洞口狹小且深，很難由成人救援出來，於是由還在就讀幼稚園的孩子們攜手合作，依序將狗兒們抱出，並交由中途做後續的安置及照料。

沒想到在一週後，有一位鄰居太太受中途所託，將一隻母狗、五隻小狗誘捕，經追蹤之後發現，原來前面救援的四隻小小狗，也是這狗媽媽的孩子，而這一家子後來被稱為「樹洞家族」，小尾就是其中的一員。

中途表示，小尾的特別之處在於尾巴有一搓白毛，好似小狐狸一樣，十分可愛；另外，小尾親人、親狗，很喜歡默默地坐在一旁陪伴，也喜歡將頭頂著人的手，示意要討摸摸。

安靜、乖巧的小尾很有靈性，非常適合做家庭的陪伴犬，歡迎有意者私訊臉書專頁：狗狗山-Gougoushan，將小尾領養回家作伴。

認養資格及注意事項：

1. 認養者須年滿23歲，有穩定經濟能力，並獲得全家人的同意。
2. 須同意簽認養寵物切結書，並讓中途瞭解小尾以後的生活環境。
3. 同意送養人日後之追蹤探訪，對待小尾不離不棄。
4. 同意讓小尾絕育，且不可長期關、綁著小尾，亦不可隨意放養。
5. 為讓中途對您有更深入的瞭解，中途會先有份線上問卷請您填寫。

來信請說明：

a. 個人基本資料：姓名、性別、年齡、家庭狀況、職業與經濟來源等。
b. 想認養小尾的理由。
c. 過去養寵物的經驗，及簡介一下您的飼養環境。
d. 若未來有結婚、懷孕、出國或搬家等計劃，將如何安置小尾？

love.doghouse.com.tw 狗屋 · 果樹誠心企劃

文創風 821

廚娘很有事 下

國家圖書館出版品預行編目資料

廚娘很有事 / 不吐泡的魚著. --
初版. -- 臺北市 : 狗屋, 2020.02
冊 ; 公分. --（文創風）
ISBN 978-986-509-078-4（下冊：平裝）. --

857.7　　108021882

著作者	不吐泡的魚
編輯	余一霞
校對	沈毓萍
發行所	狗屋出版社有限公司
地址	台北市104中山區龍江路71巷15號1樓
電話	02-2776-5889～0
發行字號	局版台業字845號
法律顧問	蕭雄淋律師
總經銷	知遠文化事業有限公司
電話	02-2664-8800
初版	2020年2月
國際書碼	ISBN-13　978-986-509-078-4

本著作物由北京晉江原創網絡科技有限公司授權出版

定價250元

狗屋劃撥帳號：19001626

網址：love.doghouse.com.tw　　E-mail：love@doghouse.com.tw